イーディス・シットウェル

――戦争と原爆を表した英国女性詩人

寺沢 京子
Terasawa Kyoko

竹林館

イーディス・シットウェル
――戦争と原爆を表した英国女性詩人

目次

I　イーディス・シットウェル
――戦争と原爆を表した英国女性詩人

はじめに　6
1. イーディス・シットウェルの生涯　8
2. 「黄金海岸の慣習」――戦争を予言　13
3. 「なお雨が降る　1940年の空襲　夜と暁」　17
4. 核時代の三詩篇　26
新しい日の出のための哀歌　27
(1) 心と太陽　(2) 詩人の位置　(3) 想像力
カインの影　41
(1) 色彩について　(2) 象徴的に用いられている言葉　(3) ラザロと金持ち
(4) 作者の伝記から　(5) 賛歌へと
薔薇の賛歌　68
(1) 火（Fire）について　(2) 薔薇について　(3) 自然の循環

（4）現代につながる視点
おわりに　83

Ⅱ　生命をつなぐ言葉を求めて

オーウェルの伝言　88
「クリスマス・キャロル」の幽霊　94
晩夏に感じたこと　100
心に残る映画「舟を編む」　105
かけがえのない生命の時間　108
嘘の言葉と真実の言葉　113
使命を貫いた人生　――神谷美恵子さん　119

吉本ばなな『哀しい予感』から　*124*
「此処」だけではなく　*128*
行動する作家　――小田実さん　*132*
坂本龍一さんと樹木　*137*
日本女性の幸せを願って　――ベアテ・シロタさん　*142*
平和の大切さを伝える劇　*147*

平和といのちを見つめて　左子真由美　*152*

あとがき　*156*
初出一覧　*158*

I　イーディス・シットウェル

――戦争と原爆を表した英国女性詩人

はじめに

イーディス・シットウェルの「核時代の三詩篇」を初めて読んだとき、私は心を動かされました。広島や長崎への原爆投下から数年後に出された詩で、原爆が人間全体の罪として捉えられていて、人間の歴史に遡って表されていたからです。それで私は、彼女の戦争や原爆の詩を、深く知りたいと思うようになりました。

まず、１９２９年に発表された「黄金海岸の慣習」を紹介したいと思います。この詩は第二次世界大戦を予言しているからです。次に、彼女の代表作「なお雨が降る」、そして「核時代の三詩篇」に進みたいと思います。「なお雨が降る」と「核時代の三詩篇」は、和訳（拙訳）も記しています。

さて、二つの大戦後、世界は平和になったのでしょうか。核兵器に関しては、２０１７年に核兵器禁止条約が国連総会で採択され、２０２１年に発効されました。けれども日本を含めて、批准していない国が未だ多くあります。世界にはまだ多くの核兵器が存在しているのです。

昨今のロシアのウクライナ侵攻やイスラエルとハマスとの戦いには、心を痛めざるを得ません。また気候変動やパンデミックなど、地球規模で深刻な問題も存在しています。

人間は生命を奪い合うのではなく、生命を守るために互いに協力すべきではないでしょうか。私たちには歴史から教訓を得て、未来に生かすことが求められているのです。私はイーディス・シットウェルの詩から、学ぶことがあると信じています。

イーディス・シットウェル
Edith Sitwell

1. イーディス・シットウェルの生涯

イーディス・シットウェル（Edith Sitwell）は１８８７年9月7日、英国ヨークシャー州で生まれました。父親は広い土地をもつ名家の嫡子でした。母親も父親以上に名門の出で、チューダー王家とも血縁があるそうです。

二人の弟、オズバート（Osbert）とサッシュヴァレル（Sacheverell）は、それぞれ１８９２年と１８９７年に生まれました。母の愛情は二人の息子に向けられ、イーディスは母の愛情を受けることが少なかったといいます。ジョン・レーマン（John Lehmann）は著書『イーディス・シットウェル』で、「彼女はとても敏感で、書物と音楽にばかり傾倒し、家族をとり巻く上流社会に興味をもたなかったので、母から強く非難された」と記しています。[註1]

イーディスは、子どもの頃はグリムやアンデルセンの童話、その後はシェイクスピア、シェリー、ポープなどの詩を好んで読みました。実家は豊かな自然に囲まれていて、屋内には歴史的遺物や絵画などが飾られていたので、彼女の想像力を育むのに役立ちました。

家族の中で孤独だったイーディスの前に現れたのが、家庭教師ヘレン・ルーサムです。音楽や文学に造詣の深い人で、家庭教師として、母親代わりとして、イーディスに大きな影響を与えました。フランス象徴詩を紹介したのも、彼女です。二人はドビッシーやラヴェルのコンサートに出かけ、前衛画家たちの作品も見て廻ったといいます。

１９１３年にイーディスは、ヘレンと共に実家を出ました。ロンドンの古いアパートに移り、そこで新しい生活をスタートさせたのです。そして１９１６年には、詩人で作家でもある二人の弟と共に、『車輪』(*Wheels*)を創刊しました。目指したのは、画家ピカソが創始したといわれる立体派の手法を、詩に運用した自由詩でした。当時の詩のスタイルに反旗を翻したといえます。

『車輪』は、無名だったウィルフレッド・オーウェンを世に出すのに貢献しました。また、ディラン・トマスを早くから評価し、支援しました。ロンドンでは、オルダス・ハクスリー、T・S・エリオット、ヴァージニア・ウルフ、ジークフリード・サスーンなどとの交流がありました。彼女は、まさにモダニズム詩人の一人であったといえるでしょう。

１９２３年には、作曲家ウィリアム・ウォルトン(William Walton)と協力して、自作「ファサード」のコンサートを開きました。リストのピアノ曲に魅せられていて、言葉でそれに匹敵するものを創ろうと実験を続けていたのです。舞台には大きな口に似せた装置があり、ウォルトンの伴奏で、詩を朗読するイーディスの声が出てくる仕組みでした。けれども、この前衛的な試みは、必ずしも好意的には受け止められなかったようです。

この後、『田園喜劇』、『眠れる美女』などの詩集を出し、1929年には『黄金海岸の慣習』を出しました。その後は散文に集中し、しばらく詩作からは遠ざかります。ヘレン・ルーサムの病気の介護や財政上の理由からだといわれています。イーディスにとっては、試練の十年でした。この時期には『アレクサンダー・ポープ』、『英国畸人伝』、小説『暗黒の太陽の下に生きる』などを記しました。

実家が裕福だった彼女が、常に苦境にある人々に心を寄せるのは、自身の苦しい経験があるからでしょう。ある詩人に宛てた手紙の中で、実家を出てからとても貧乏で、質素なアパートに住み、仕事と介護に追われていたと記しています。[註2]

第二次世界大戦が始まる頃、再び詩作を始めます。彼女の詩はこのブランクを境に、前期と後期に分けることができます。前期は音楽と言葉との実験的な詩が多く、後期は戦争などの社会問題をテーマにした作品が目立ちます。１９４０年のロンドン空襲を描いた「なお雨が降る」は、彼女の代表作品の一つです。そして、広島や長崎への原爆投下をテーマにした「核時代の三詩篇」を書くに至るのです。

ロシアの画家パヴェル・チェリチェウ（Pavel Tchelitchew）などに、心惹かれたときもありましたが、生涯独身を通し、１９５５年にはローマ・カトリックへと回心しました。

シットウェルが1961年から死の直前まで住んでいたロンドンのハムステッドのアパート。シットウェルがここに住んでいたことを示すプレートがある。

Wikipedia（英語版）Edith Sitwell の項より

晩年、車椅子生活を強いられつつも活躍しましたが、１９６４年に77歳で他界しました。墓碑には彼女の詩から採られた、次の言葉が刻まれています。

The past and present are as one ――
Accordant and discordant, youth and age,
And death and birth. For out of one comes all ――
From all comes one.

過去も現在も一つ――
調和も不和も、若さも老いも
死も生も。すべては一つに由来し――
一つはすべてに由来する。

註

1 John Lehmann, *Edith Sitwell* (London: Longmans, 1952) 8.

2 Edith Sitwell, *Selected Letters of Edith Sitwell*. Ed. Richard Greene (London: Virago Press, 1999) 232.

2.「黄金海岸の慣習」——戦争を予言

シットウェルが「黄金海岸の慣習」(Gold Coast Customs) を書いたのは、世界大恐慌が起きた1929年です。英国でも恐慌の影響を受けて、金本位制の放棄、労働者の賃金や失業手当の引き下げなどが行われました。

この「黄金海岸の慣習」は長く難解なのですが、黄金海岸の状況、英国の富裕層の腐敗、貧者の苦しみなどが混在して描かれていて、痛烈な社会批判になっています。文芸評論家C・M・バウラは、「子ども時代の夢から覚めた後、遭遇した社会への告発だ」と書いています。[註1]

黄金海岸は、現在のガーナです。詩の中に出てくるアシャンティは、この地に王国を築く有力な部族でした。アシャンティは、英国が植民地にするのに困難を極めた存在だったという歴史的経緯もあります。

さて、黄金海岸の「慣習」とはいったい何でしょう。アシャンティでは有力者が死ぬと、奴隷などが殺され、その血で有力者の骨が洗われる習慣があったのです。その慣習を通してシットウェルが描こうとしたことは、弱肉強食の世界への批判です。

当時、彼女はロンドンに住んでいて、飢えや寒さで亡くなっていく人々を目の当たりにしていました。19世紀に繁栄していた繊維、機械、造船などの伝統的産業が国際競争力を失い衰退して、これらの産業に依存する地域では失業率も高かったそうです。この地域から救済策を政府に求めて、ロンドンへと向かう「飢餓行進」もありました。一方、自動車、化学など新しい産業の発展がみられ、豊かな生活を送る人々もいました。産業間格差が見られ、貧困と豊かさが共存していたのでした。

シットウェルの死後出版された自伝『世話になって』(*Taken Care of*)には、「貧しい人を見るたびに、私は十字架上の痩せた方を思う」と書かれています。[註2] また、彼女の詩には聖書のラザロと金持ちがよく登場しますが、常に貧しいラザロの側に立っているようです。

『黄金海岸の慣習』
(*Gold Coast Customs*)

「黄金海岸の慣習」で、富裕層のシンボルとして描かれているのが、レディ・バムバーガー（Lady Bamburgher）です。海辺のリゾートに住み、派手なパーティを催している女性です。逆に、貧しさを象徴するサリー（Sally）もいます。サリーは海辺の街で生きるために、自らの身を売る存在です。自分の言葉を失って、操られる腹話術の人形のように生きているのです。「腹話術の人形」という言葉は、サリーだけでなく、権力者の言葉に操作される者たちを比喩的に表しているようです。

詩の中にはＩやmyという言葉が出てきて、詩人自身がときどき顔を出します。不条理な社会と良心の間で心が揺れていて、正当な感覚を失いつつある自分に危惧を感じているのでしょう。正義を求めたいという必死の思いで、この詩を書いたのではないでしょうか。

この詩には「ロンドンから煙が上がる」と、まるで後のロンドン空襲を予言したような表現があります。自身の覚書でも「１９２９年に描いた詩では、第二次世界大戦を予言している」と記しているのです。[註3]

貧富の格差が拡がり、富裕層は貧困層を犠牲にすることを厭わない。強国は発展途上国を植民地化している。人間どうし互いに愛するべきだという、神の教えに背く世界の向かう先は戦争ではないか、と詩人は感知したのでしょう。
それでも最終連には、いつの日か「神の火」によって貧しい人々が救われるだろうという願いが込められています。自身の良心、神への信頼は、まだ失ってはいないのです。

註1 C. M. Bowra, *Edith Sitwell*（Monaco: Lyrebird Press, 1947）25.
2 Edith Sitwell, *Taken Care of : An Autobiography*（London: Hutchinson, 1965）186.
3 “Some Notes on My Own Poetry” Edith Sitwell, *Edith Sitwell Collected Poems*（London: Duckworth Overlook, 2006）以下「覚書」はこの書から引用。

3. 「なお雨が降る
１９４０年の空襲　夜と暁」

なお雨が降る――
人の世のように暗く　私たちの喪失のように黒く
十字架上の１９４０本の釘のように　分別なく

なお雨が降る
共同墓地の槌打ちに変わる
鼓動のひびき　墓地を踏む不敬者の足音

墓の上に
　　なお雨が降る
血の畑では　狭量な望みが生まれ

人の脳が　貪欲さを助長する
それは　カインの苦悩

なお雨が降る
十字架にかけられた　痩せた方の足もとに
キリストは昼も夜も　そこで釘うたれても
慈しみを下さる　私たちに
富者にもラザロにも
雨の下では　傷も金も同じ

なお雨が降る
なお血が流れる　痩せた方の傷ついたわき腹から
心に　あらゆる傷を抱いて……消えた光
自傷した心の　最後のかすかな閃光
悲しく分別を失くした闇の傷

罠にかかった熊の傷　たたかれて泣く盲目の熊……
狩られた野兎の涙

なお雨が降る
そのとき……神のもとに向かおうとするのに　誰だ　引きおろすのは
ごらん　天空でキリストから流れるのを
釘づけられた方の　額から流れる血
瀕死の人々へ　渇いた心へ　深く
世の炎を抱えて　苦しく傷ついて
カエサルの月桂冠のように

そして　人の心のように声がひびく
かつて　獣と共に居られた方の……
「なお我は愛する　潔白な光と　血を流す　あなたのために」

「なお雨が降る」は「１９４０年の空襲　夜と暁」という副題から分かるように、１９４０年のロンドン空襲を表した詩です。「黄金海岸の慣習」に「ロンドンが燃え、煙が上がるだろう」と、戦争を予言した言葉がありましたが、それが的中した結果の詩だといえます。けれども、詩の中に空襲の直接的描写はなく、雨に喩えて間接的に描かれています。

　この詩はシットウェルの代表作で、評価も高い作品です。ジョン・レーマンは、彼女の詩の中で最も記憶すべき作品の一つであり、音韻的にも優れていると述べています。[註1] 作曲家ベンジャミン・ブリテン（Benjamin Britten）は、この詩に曲をつけて作品をつくり上げています。

　この詩には比喩表現が多く使われていますが、まず、直喩（simile）と隠喩（metaphor）について考えてみたいと思います。第１連には「人の世のように暗く　私たちの喪失のように黒く　十字架上の１９４０本の釘のように　分別なく」と、直喩が用いられています。１９４０という数は、ロンドン空襲があった年を表しています。雨が暗い空から突き刺さるように降っているのです。「釘」は、キリストの身体に釘うった人間の罪を表す言葉でもあり、釘の数だけ罪を積み重ねてきたといえるでしょう。

第2連には「なお雨が降る　共同墓地の槌打ちに変わる　鼓動のひびき　墓地を踏む不敬者の足音」とあります。視覚的なものから、聴覚的なものに移行しています。雨の音が人間の鼓動に喩えられて、それが墓地での槌打ちの音となり、さらに墓の上を歩く不敬者の足音になるのです。

この墓地に関しては「マタイによる福音書」に出てきます。キリストを裏切ったユダが自分の行為を後悔し、祭司長たちに銀貨を返します。ところが祭司長たちは、この銀貨は血の代価だから金庫に入れるのはよくないと考え、共同墓地にするため「陶器師の畑」を買ったというのです。

不敬者の足音は、キリストを裏切ったユダの足音とも捉えられますが、戦争を引き起こしている人間の足音とも捉え得るでしょう。同じ人間どうし殺戮しあう、罪深い者の足音が響いているのです。第3連の「血の畑」という語も、マタイによる福音書の言葉ですが、ここで人間の貪欲さが育っています。

各連は最終連以外「なお雨が降る」という言葉で始まっています。この言葉が詩の基調を成していて、そこから様々なイメージが繰り広げられているのです。「なお雨が降る」が何度もくり返されることによって、雨が降り続いていると判ります。雨は空襲の隠喩（メタファー）なので、まだ戦争が継続していることも示されます。雨も空襲も、空から降り注ぎますが、爆弾は人間がつくった、破壊を目的とする人工の雨です。

　メタファーの語源はmeta（〜を越えて）、pherein（運ぶ）で、二つの異領域間の写像であるといわれています。I・A・リチャーズは、喩えられるものを主意、喩えるものを媒体と呼び、その協働によって両者のいずれにも帰属しえない力をもつと述べています。[註2] この詩では「空襲」と「雨」が、それぞれの言葉以上の力を発し、人間全体の罪や苦しみという普遍的テーマにまで深められたといえるのではないでしょうか。

　第4連の「痩せた方」という語にも注目したいと思います。自身の覚書で「私はキリストの苦しみを、十字架上の痩せた方を、傷を抱えておられる神を描いた」と記しています。詩人の中には常に、自身も苦難にあいながら、弱者に愛を注ぐキリストの姿が存在しているのです。

　さて、直喩や隠喩は類似に基づく比喩ですが、換喩という近接に基づく比喩もあります。第5連では「自傷した心の　最後のかすかな閃光　悲しく分別を失くした闇の傷　罠にかかった熊の傷　たたかれて泣く盲目の熊……　狩られた野兎の涙」とありますが、雨と血と涙が重なってくるのではないでしょうか。雨、血、涙は、どれも流れ落ちる液体なので、近接性による換喩だと考えられます。血や涙を流すとき、苦しみが伴います。ここではまずキリストの受難の姿があり、さらに戦禍での人間、無力な熊、兎などの姿も浮かび上がってくるのです。

「自傷した心」からは、キリストを裏切ったユダが銀貨を返した後、自死したことも思い起こされます。また、人間自らがつくり上げた兵器で、人間を滅ぼしている状況を表しているとも捉え得るでしょう。シットウェルがこの詩を朗読するとき、この場面になると涙を流したといいます。

第6連の「神のもとに向かおうとするのに　誰だ　引きおろすのは」は、クリストファ・マーローの『フォースタス博士』からの引用です。悪魔に魂を売り払ったフォースタスが24年間の放蕩生活の後、いよいよ地獄に堕ちるときの断末魔の言葉です。天空から落ちるキリストの血の一滴、いや半滴でもあれば救われると彼は訴えます。それは彼の長い放蕩生活の末でした。

この詩の最終連には「なお雨が降る」という言葉は出てきません。雨は止んだのでしょうか。雨音の代わりにキリストの声が聞こえてきます。シットウェルは希望を捨てようとはしていないのです。

副題が「夜と暁」であることも注目すべきです。最終連では闇から暁へと、かすかに光が差し込んでいます。キリストへの視点をみても、キリストの足もと、わき腹、そして額に移っています。少しずつ上へと向かっていて、それに伴って闇から暁へと移行していくのです。

実際のロンドン空襲はどうだったのでしょうか。1940年9月7日から、ヒトラー率いるドイツ軍による空襲が始まりました。当初、襲撃はロンドンに集中し、9月7日から11月2日までは、毎夜平均200機のドイツ爆撃機による攻撃が続いたそうです。多数の家屋が襲撃にさらされ、恐怖に直面させられました。夜間爆撃だったので、夜になると田舎に移り、朝になると仕事のためにロンドンに戻る住民もいたといいます。家を失った人々や、難を逃れようとした人々は、地下鉄の駅を臨時の住まいとしたそうです。この空襲で、多くの非戦闘員が生命を失いました。

「なお雨が降る」の副題、「夜と暁」は、夜になると空襲があり、明け方になると止んだという現実も暗示されているのでしょう。「なお」という言葉の背後には、長期にわたって夜間攻撃が続いた事実があります。

ふつう空襲といえば火の雨を連想しますが、シットウェルの詩では、むしろ静かな哀しみの雨です。具体的な空襲の状況は書かれず、十字架上のキリスト、人間の罪と購いが印象的に表されているのです。

第二次世界大戦中の朗読会で、シットウェルがこの詩を読んでいたときに、空襲が始まったそうです。慌てる聴衆と対照的に、最後まで堂々と朗読しきったというエピソードがあります。何よりも、この詩を通じて人々に、人間全体の罪と神の購いを訴えたかったのではないでしょうか。

註1 John Lehmann, *Edith Sitwell*（London : Longmans, 1952）25.
2 I. A. Richards. *The Philosophy of Rhetoric*（New York : Oxford University Press, 1936）

4. 核時代の三詩篇

シットウェルは1945年9月10日に「ロンドン・タイムズ」で、原爆投下の記事を読み、強い衝撃を受けました。トーテムポールのような形をした原爆の写真を目にして、創造の象徴であるはずのトーテムポールが、破壊そのものと化していることに慄《おのの》いたのです。[註1] そして、原爆をテーマに「核時代の三詩篇」を表しました。

この三詩篇は「新しい日の出のための哀歌」、「カインの影」、「薔薇の賛歌」から成っていて、人類の罪という普遍的テーマにまで掘り下げられています。ジョン・レーマンは、当時の英国で戦争や原爆について書き得た者は彼女以外に存在せず、「原爆についての三篇の偉大な詩は、現代の劇的事件に対峙し得る位置にまで人間を高めてくれるものだ」と述べています。[註2]

同時代のT・S・エリオットに比べて、シットウェルが日本では読まれることが少ないのは残念です。原爆を掘り下げて表した英国の女流詩人の、この作品は日本人にもっと読まれるべきだと思います。

まず、三詩篇の最初の詩、「新しい日の出のための哀歌」を紹介します。

新しい日の出のための哀歌
（1945年8月6日午前8時15分）

車輪に縛られたイクシオンのように　私は心に縛られて
十字架に釘づけられた盗人のように　自分の心に釘づけられて
さまよう　キリストと地獄に堕ちた世の間で

そして　飢餓の街の　幻の太陽を見ている
人間の心の亡霊……血に染まったカイン
もっと残忍な人間の頭脳
抱かれたところを知ろうと
母なる大地を　腹を引き裂いた
ネロよりも　さらに血に染まって

でも　どの目も悲嘆にくれていなかった

涙を失っていたから
キリスト生誕からの歳月を経て
盲目になっていたから
母か　殺人者か
生命を与えた　奪った
今は　どちらでも同じ！

聖なる光の　瑞々しい朝があった
神が初めに創られた光が
泉を照らし　祝福してくださった
胸の中　心臓は安らかで　光への賛美をうたった
骨の髄も　安らかで……
血管の血　木の樹液は
神の泉だった

でも　私は見た　蟻のような人間が走って
世の汚れの重みを負って
人間の心の汚れを負って
圧縮されて　欲望が太陽よりも熱くなるのを

熱線は音もなく襲い　空を揺るがして
獲物を求めるごとく　幹を搾り取る
大地の生きとし生けるものが　干上がるまで
骨の髄を飲み干して
見ていた目も　口づけていた唇も消えて
雷のごとく黒こげて　殺された太陽に　歯をむき出した

生きている盲者と　死んだ見者が横たわる
まるで愛し合うように……もはや　憎しみもなく愛もない
人間の心が　消えてしまった

(1) 心と太陽

初めに、重要な二つの言葉、心(heart)と太陽(Sun)について考えてみたいと思います。

まず第1連に「車輪に縛られたイクシオンのように　私は心に縛られて　十字架に釘づけられた盗人のように　自分の心に釘づけられて」と、直喩を用いて「心」の状態が表されています。イクシオンはギリシャ神話の中で、ゼウスへの忘恩の罪で冥界の底に落とされ、天罰として永久に回転する火の車輪に縛りつけられた存在です。

また、十字架上の盗人のように、自分の心に釘うたれているとも表されています。「ルカによる福音書」によると、イエスとともに十字架にはりつけられていた罪人のうち、一人は「あなたはキリストではないか。それなら自分を救い、またわれわれも救ってみよ」と悪口を言い続けました。もう一人はそれをたしなめ「お互いは自分のやったことの報いを受けているのだから、こうなったのは当然だ。しかし、この方は何も悪いことをしたのではない」と言葉を発したそうです。ここで、シットウェルは後者の罪人を指しているのでしょう。地獄に堕ちた世界とキリストの間で、苦しむ自身を描いているからです。

注目すべきは、作者が縛りつけられているところは、自身の「心」だということです。イクシオンも盗人も、ともに罪を犯して罰を受けていますが、シットウェルは英国の一市民であり、直接原爆投下に関わったわけではありません。けれども、人類の一人として「罪」を感じざるを得なかったのではないでしょうか。女性や子どもを含む一般市民が犠牲になる姿には耐えられない思いがしたのでしょう。タイムズ紙で原爆投下の事実を知ったとき、彼女は詩の朗読のためブライトンに向かっていましたが、会場では声も小さく、疲れてみえたそうです。[註3]

第2連には、カインやネロという人物の名が出てきます。カインはアダムとエバの長男で、嫉妬心から弟アベルを殺した存在です。ネロは実母を殺害し、ローマ大火の際、キリスト教徒を迫害したローマの暴君です。その迫害によって、使徒ペテロとパウロが殉教したともいわれています。

第4連では hearts と複数になっています。心臓という臓器を表しているのでしょう。原爆投下の朝8時15分までは、心臓はふつうに動いていましたが、一発の原子爆弾が破壊したのです。広島の三日後に、長崎にも原爆が投下されたのですが、長崎ではカトリック信者が集う浦上天主堂の上空で炸裂しました。そのとき、人々は神に賛美を捧げ、聖堂の内にいたのでした。この状況を、詩人は言い当てているのではないでしょうか。

そして、最終連では、人間の「心は消えてしまった」と結んでいます。もはや愛も憎しみもない、人間の心そのものが奪われてしまったというのです。「生きている盲者と　死んだ見者」という言葉には、皮肉が込められています。

次に、「太陽」という言葉を考えてみます。詩の題は「新しい日の出のための哀歌」です。日の出というと通常、明るい未来を示す言葉ですが、ここでは逆で、作者は日の出のために「哀歌」を描かざるを得なかったのです。副題が1945年8月6日午前8時15分とあるように、その朝は原爆という殺戮兵器の歴史の始まり、「日の出」だったからです。

第2連には、幻の太陽が登場します。それはカインやネロのような人間の心の亡霊です。血にまみれた残忍な心をもった人間の、幻の太陽が飢餓の街に昇っているのです。飢餓といえば、たしかに当時、日本では物資が不足し庶民は食べる物にも困窮し、野菜の根や蔓を食べて飢えをしのいでいました。また、戦争というのは他者への愛を失うことで成り立つので、愛の飢餓とも解されるでしょう。

第5連には「世の汚れの重みを負って　人間の心の汚れを負って　圧縮されて　欲望が太陽よりも熱くなるのを」とあります。人間の欲望が太陽熱よりも烈しいものになったと表されているのです。戦争は国と国との欲のぶつかり合いとも捉えられるので、確かに原爆は欲の権化だともいえるでしょう。

広島に落ちた原爆は、約2万トンの火薬に等しいエネルギーを出したといいます。広島では上空600メートルで炸裂しましたが、間もなく火の球となり、次第に膨張していき猛烈な熱線を放出しました。まさに人工の太陽だともいえるのではないでしょうか。

第6連には、熱線という言葉が出てきますが、通常の爆弾ではなく、原爆は原子核が破壊して爆発が起こるので、その瞬間、中性子線とガンマ線が放出されます。それが人間の様々な組織を破壊します。まさに人間の髄まで奪い尽くしてしまうのです。目も口も失い、まるで雷にうたれたような犠牲者が「殺された太陽」に、あざ笑うように対しています。人間の罪が人工の太陽を造り出し、それによって自然の太陽が滅ぼされてしまったのです。

ギリシャ神話ではプロメテウスが人間に火を与えたとされていて、ゼウスはそれに激怒して彼を厳しく罰しました。ゼウスは人間の限りない欲望を見通していたのかもしれません。人間は火を用いて様々なことを成し科学を発達させ、ついにここに至って、恐ろしい火といえる「核」を産み出したのです。

(2) 詩人の位置

シットウェルは、どのような視座からこの詩を書いたのでしょうか。彼女の詩には対比表現がよく使われます。1連目では、キリストと地獄に堕ちた世界は対比されていて、作者が位置しているのはその「間」です。第3連の「母か　殺人者か」には、皮肉が込められています。広島に原爆を落とした爆撃機「エノラ・ゲイ」は、機長の母親の名から採られたということを、知っていたのかもしれません。

最終連の「生きている盲者と　死んだ見者」という対比では、詩人自身は「生きているが見る目を失っていない存在」として位置づけられるでしょう。その目から詩を描いているのです。他者を遠くから眺めるのではなく、自分自身の問題として現実を見据えていることが判ります。

ここで重要なことに気づきます。戦争の詩であるにもかかわらず、敵・味方という表現や国家という言葉はまったく使われていません。敵でも味方でもないから、中間地点に立ち冷静に見つめることができるのです。登場するのは神と人間です。シットウェルの心の中に常にあるのは敵・味方ではなく、神と人間の存在なのです。

「黄金海岸の慣習」でも、黄金海岸の原住民の世界とロンドンを混在させて描いていましたが、人種や国の違いは超えていました。「なお雨が降る」においても（ロンドン空襲を受けた側ですが）、敵国への感情などは表されていません。「雨を基調に人間の罪、神の愛などが描かれているのです。たとえ国家は対立していても、神の下では隣人であるという思いが、詩人の心には刻まれているのでしょう。常に中間地点に立ち、客観的な視点を失わないこと、他者を愛する精神をもち続けることは、現代社会に生きる私たちにも必要なことではないでしょうか。

(3) 想像力

シットウェルが原爆についての詩を書くきっかけになったという「ロンドン・タイ

ムズ」の記事を見ると、見出しは「長崎へ原爆投下――紫の火柱」で、主に長崎のことが書かれています。内容は主として前日の「ニューヨーク・タイムズ」からの引用で、原爆投下目撃者の証言でした。左記に記事の一部をあげます。

「行くぞ！」とだれかがつぶやいた。〈グレート アーティスト〉の胴体から、黒いものが下に落ちていく。……尾部にいる観測員は地球の内部から沸き出てくるような巨大な火の球と、そのまわりを取り囲む白い煙の環を目撃した。そして次に、すさまじい速度で三〇〇〇メートルの高さに昇ってくる巨大な紫色の火柱を見た。……変化の一過程では、それは底辺が約五キロ、頂点が約一・五キロの巨大な四角いトーテムポールの形になった。底は茶色で、中心部はこはく色、上は白だ。生きているトーテムポールで、そこには地球をにらみつける多くの醜悪な顔がある。[註4]

記事の最後には、広島での死傷者の数が書かれていました。即死者66,000、負傷による死者60,000、行方不明者10,000、重傷者14,000、軽傷者104,000とあります。

タイムズ紙は、投下する側から書かれていて、投下された側の悲惨な状況などは記されていません。機体の名は「グレート アーティスト」なのです。

戦争は国家の対立から引き起こされます。敵国への憎悪は、その国の一般市民（子どもや女性もすべて）への攻撃を引き出します。空から原爆を落とす際、下に暮らす一人一人は虫のような存在であり、もはや人間とはみなされず愛の対象とはなり得ません。地上戦と違って空からの無差別攻撃では、被害者の苦しむ姿は見えません。記事のように、人間は単なる「数」としてのみ表されることになるのです。

シットウェルは詩人として、記事にはないものを見る想像力をもち得ていたのでしょう。たとえば「蟻のような人間が走って」とありますが、これは峠三吉の『原爆詩集』の中に収められている「炎の季節」を思い出させるものです。峠三吉は原爆投下時、広島にいた詩人です。彼の詩から抜粋します。[註5]

巣をこわされた蟻のように
市外へのがれる
道を埋め

両手をまえに垂れ
のろのろと
ひとしきり
ひとしきり
かつて人間だった
生きものの行列。

空から下を見ると人間はまるで蟻のように小さい生物です。上から見下ろして、まるで自分が神になったかのように操作する人間がいる一方、下にはかつて人間だった「生きもの」たちが、その尊厳を失ってまるで虫のように逃げまどっているのです。峠三吉の「炎の季節」には次のような連もあります。

ウラニユームU二三五号は
予定されたヒロシマの
上空五〇〇米に

人工の太陽を出現させ、
午前八時十五分は
たしかに
市民を
中心街の路上に密集せしめ。

ここには「人工の太陽」という言葉が書かれているのです。他にも、シットウェルの原爆詩の言葉と、峠三吉の言葉には類似したものがいくつか見られます。彼女の想像力の鋭さを知ることができるのではないでしょうか。

原爆などの大量破壊兵器は、いかに効率的に敵国の人間を滅ぼすことができるか、という観点で作られます。幼い子どもまでも対象とする無差別殺戮において、最も欠落しているのは、相手の苦しみを想う「想像力」ではないでしょうか。

ニューヨーク・タイムズ（1945年9月9日）の、原爆投下前の状況に関する記事に「打ち合わせは、従軍牧師の感動的な祈りで終わった。それから私たちは食堂へと向かって、爆撃任務に出発する前の伝統的な早朝の食事をとった」という部分がありました。[註6] 原爆投下を目前にして、従軍牧師は何を祈ったのでしょう。シットウェルの詩に登場するキリストは、人類全体を真に愛した存在です。真の祈りとは他者への愛に基づくべきものではないでしょうか。

詩人がこの原爆の詩を書いてから約80年の時が流れました。紛争、核の拡散、貧富の格差、自然破壊など、現代人の負う課題はさらに大きくなっています。世界には争いが絶えず、核戦争が起きないことを祈るばかりです。また、地球温暖化は気候変動を引き起こし、地球の生態系に大きな影響を与えています。人間の欲望が自然を破壊し尽くしてしまわないうちに、立ち止まって考えなければなりません。

註1 Some Notes of My Own Poetry, Edith Sitwell, *Edith Sitwell Collected Poems* (London : Duckworth Overlook, 2006) xlii.
2 John Lehmann, *Edith Sitwell* (London : Longmans, 1952) 30-31
3 Victoria Glendinning, *Edith Sitwell : A Unicorn Among Lions* (London : Phoenix, 1981) 247.
4 ダグラス・ブリンクリー編、池上彰 監修『「ニューヨーク・タイムズ」から見た第二次世界大戦』(下)(原書房　２００５)５３１~５３２頁
5 峠三吉『新編 原爆詩集』(青木書店　１９９５)54~56頁
6 『「ニューヨーク・タイムズ」から見た第二次世界大戦』(下)５２６頁

カインの影
（C・M・バウラに）

いにしえの寒冷期　黄色い旗や幟のもと
大移住が始まった
人間の心の　原初の禍から逃れて

気温の大変動……
かつて　温かさもあったが

でも　寒冷は高度な数学的理念……ゼロ　無
あらゆる存在と変種が生まれるところ
高すぎて聞こえない音　原点

時が流れ……無は果てしなく

実在に向かう理念
やがて　時が凍り

固まり　場所になった
氷間の黒い旗
極地の太陽　青い光線　紫の芳香
骨が凍り　サファイアとジルコンになって……
かように　時が過ぎて

寒冷期の　気温の変動を憶えて
私たちは見つけた
黄色い寒気の中
アジアほどの青緑の大陸　マンモスの牙
深淵の　濃い緑の松葉

温かさと　血管に流れがあったことの証
南極の混沌
弛緩した寒気の静寂

寒気の中でも　時おり見つけた
鳥の爪痕
読解できない原初の文字跡
人間が発した伝言を

生物種のゆっくりした滅び
高熱で　パンパス地方の泥土ができて
病む太陽のような　マストドンの咆哮の下
オオナマケモノ属のミロドンが　埋められた

原初の禍で　地球は二つに分かれたが

氷河期が始まった頃は
まだ　対話の手段があった
人間どうし　互いの言葉は　鳥と虎のように
なじみのないものでも
飢餓に立ち向かうのに必要だった

互いに「滅びの種族か……血が冷たい
地球では　新参者ほど熱い
鳥の鼓動は　原始の虎より激しい」と
当初　地球に鳥はいなかった

あの春　雷のごとき花はなかったが
今　地球は　鉄の翼の影に伏している
翼竜の歌
恐怖の春の　赤い芽か？

春雷が始まり……私たちは　また
長い放浪を経て
洪水前のカインの街に　やって来た
開いたドアに　着いたとき
運命の神が言った「足が痛い」
放浪者たちが言った「心臓が痛む」

雷が轟き
床に広がる稲光
パンの白
死の白
かぎ爪の白
ドアからの光が示した

荒れた春の空に　エメラルド色の雷光
樹液と血液……
霊の光　肉の啓示

カインの街の通りには
エメラルド色の虹が架かり
若者たちが行き交って

いたるところで
太陽の偉大な声が　樹液や芽の中で
存在の心　怖れの力　聖なる怒りから
永遠を叫ぶ
盲目に　種の熱に　血中の火に

死神の作品　塵の不毛から

樹液の音
慄く道化役者の　巨牛のような声
地下を震わせる雷の音が　響きわたり

キリストを賛美して叫ぶ
「収穫がありますように！　貧困がなくなりますように
神の子は　あらゆる畝に　種をまかれたのだから！」

私たちは　空の雲に気を留めなかった
人間の手の形で……太陽と地球が衝突したごとく
太陽が降下し　地球が上昇して
天空の位置を占めて……最も大切なものが
全ての生命が生まれた源が　破壊された
そして　殺された太陽に向かって
塵のトーテムポールが　上っていった

人間を憶えるかのように

溢れ落ちるものは
朱に染まった太陽の轟のごとく
血滴は　闘うマストドンの咆哮のごとく
世の端まで流れて下っていく
どん　どんと……

激流　急流　渦巻　雨の激しさが
洪水前に大地を覆い
人間の血の流出を隠す

裂けた山々から　金色の光が
若い愚かな麦の穂を滅ぼす
豪雨のなか

世界を分断した深淵は　まるで
すべての太洋が　底まで干上がったように
かつての太陽に向かって
世界的飢餓の口さながら　顎を開けて
地球の端から端まで　飲みこもうとして

あの空洞の中　ラザロの身体が
世の墓から　持ち上げられた
殻に包まれた黄金のような死……
周りには　力尽きた雷光のような金
世の傷を癒す香油

黄金は　荒地の殻の
アーモンドの芯　毬の中の栗

緑の渋皮に包まれた　胡桃のようで

そして　虚ろな海に
傷ついた文明が　病者がやって来た
かつて　ガリラヤの海辺で
キリストのもとに　集まったように

彼らは　永年の盲目と　世の闇で叫ぶ
「ラザロ　私たちに視力を！
あぁ　あなたの傷は黄金
あなたは　世の新しい光！」

原罪の烙印として
頭の骨に窪みをもつ人間
餌食になった　小さな獣

猿や犬　キツネザルの筋肉……
哀れで　恐ろしく　愛を失った者
その歪みは　生前からか
金の　麦の穂の裏切りからか
「ラザロよ　私たちには分かっていた

偉大な太陽が　愛を失った頬に口づけたのを
飢餓が与えた犬の牙　獅子の爪
見捨てられた心に
キリストについて　偉大な愛を語られたのを……
でも　私たちの太陽は消えてしまった
あなたの金は　愛を失った唇に温かさを
不毛の地に　実りをもたらすのか？」

それから　富者が連れてこられた……

世の傷で覆われて　病んだ太陽のようにうち伏して
金の病が　彼の心が　世を覆って
膨れた大麦の穂のように
白い雨に　倒されて……
虚ろな顔が白くなり　金の頭巾をかぶり
でも　知っていた
彼には　鼓動も脈拍もないのを
今や　ラザロと富者は見分けがつかないのだ

富者は　私たちに目を向けずに言った
「流出したものは　洪水のように波うつが
金こそ　世界の血となるだろう……
無情な金でも　凝縮すれば
手ざわり　匂い　温かさ　血の色をもつ
抽出すべきだ　病の髄を

救済のために

金の要素を　いったん捉えたら
そこか〈世界の薔薇が〉育つ
薔薇の種から育つ木のように

緑色の透明さに
大麦20粒ほどの重さに　凝縮して与えれば
病人の顔は　大雨の後
薔薇の姿のよう　満ちて

再び　人間の影をつくるだろう
少なくとも　生命のすべての根から
病人の兆候を取り
くっきりした身体をつくり

生命の根を　薔薇の根のごとく残すのだ」

しかし　富者の近くで　純真な声がした
まだ生まれていない麦の穂の　富者を戒める声が
「私はまもなく　金よりも稀で
もっと貴重なものになるだろう」

私たちの血には　雷も　火も　陽も　地震も
ないけれど……世界の火から
雷鳴のように　富者に向かって声をあげる
「あなたはカインの影
あなたの陰は　原初の飢餓」
「わたしは　どんな罪の宣告を受けたというのか」
「アダムと同じ　カインと同じ　ソドムと同じ
そしてユダと同じだ」

あなたの地獄の火は　雨では消えない
キリストの　破れてまだらになった衣服から
傷や　鞭跡から
カインの声よりも　大きくひびく
「わたしが　弟の番人でしょうか？」
考えなさい！　売り買いする者の　最後の叫びが
金の苦悶が　静まるときを……
ユダの最後の口づけが
キリストの頬の上で　絶えたときを
人間だった方の灰は
再び立ち上がり
最後の審判の日に　私たちの火になる
まして　キリストの死が無駄であったと
誰が想うだろう？

キリストは再び　血の海の上
激しい雨の中　歩いて来られるのです

「核時代の三詩篇」の一番と三番目の詩は比較的短いですが、この「カインの影」は長く難解です。初めが「新しい日の出のための哀歌」で、終わりが「薔薇の賛歌」なので、その間に位置するこの詩は、哀歌から賛歌へ橋渡しする役割を担っているのです。哀歌を、どのように希望の賛歌へと導いているのでしょうか。

この詩には作者が「覚書」で記しているように、カインの罪を抱えた人間の放浪が描かれています。哀歌で広島の惨状を描いた詩人が、戦禍の理由を顧みてカインにまで遡り、人類全体の問題として示したのです。人間は二度の世界大戦を起こし、ついには恐ろしい核兵器まで生み出し、同じ人類の上に投下したからです。

この長詩を考えるにあたり、まず象徴的に使われている色彩や言葉に注目したいと思います。

(1) 色彩について

この詩には様々な色彩が現れます。まず第1連に「黄色い旗や幟」が出てきますが、黄色は裏切りの色と捉えられることがあります。「覚書」にあるように、キリストを裏切ったユダの髪が黄色で、黄色い衣服の姿で描かれることが多いからです。カインの罪を負って、罪の色を暗示する黄色い旗の下に、人間は放浪を始めたのです。

第5連には黒、青、紫の色の他にサファイア、ジルコンなど宝石が出てきます。第14連には「パンの白　死の白　かぎ爪の白」とありますが、「覚書」によると「カインの影」を書く二か月前、作者が夢の中で見た内容だということです。「かぎ爪」は争いを表します。生と死と争いの三つが、人間の歴史において連綿と続いてきたわけです。ドアという言葉が出てきますが、自身の説明によると開いたドアは生のドアで、私たち人間が自分の道を見出すドアでもあるといいます。

上記の連の後にはエメラルド色の虹が登場します。「ヨハネの黙示録」には、神が天の王座に現れ、その王座の周りにはエメラルドのような虹が輝いていたとあります。そして詩では虹の後、雷鳴が響き神の声が聞こえてくるのです。「収穫がありますように！　貧困がなくなりますように」という言葉です。ところが、その言葉の後に、広島の惨禍の場面が登場します。神の声に耳を傾けなかったからでしょうか。核爆弾が投下され、その場面には、血や朱色の陽が現れるのです。

最後に、ラザロと金持ちが墓から甦る場面となります。そこでは、金や富という問題が論じられます。色としても金色が連想されます。また、未生の麦の穂が登場し、純真な言葉を発するのです。

最終連にはキリストの姿が現れますが、破れてまだらになった衣服を着ています。多彩な色の破れた衣は、キリストの波乱に富んだ人生を暗示しているのでしょう。一枚の衣に様々な苦難が含まれているわけです。

(2) 象徴的に用いられている言葉

①寒冷（Cold）

１９４５年に出された詩「寒冷のうた」（the Song of Cold）にも、貧富を象徴するラザロと金持ちが登場します。[註1] 都市には、たとえ冬でも身体を温める場、友人、食物さえない貧者がいます。一方で富者もいるのですが、その心は冷たいのです。富者にあるのは所有欲ばかりで、他者を思い遣る心は消えてしまっています。「寒冷」は愛を喪失した状態とも捉え得るでしょう。

「カインの影」では地球の歴史を顧みて、氷河期など気候変動に言及しています。シットウェルは当時読んでいた地質学や生物学などの書からも、影響を受けたようです。原爆投下を知り、地球や人間を含む動植物の未来を危惧しつつ、地球規模で歴史を振り返ったのです。

戦争に陥った人間の世は、すべてを無にしたかに見える世界です。しかし詩人は、ローレンツ・オーケン（Lorenz Oken）の書を読み、そこにある「零」の概念に希望を見出しました。第3連には「寒冷は高度な数学的理念……ゼロ　無」という、書から影響された言葉があります。[註2] 零はそれ自身、無ですが、そこから何かが生まれる可能性を有していて、零から希望に繋がる何かが生まれるというのです。寒冷を零に結び付けることによって、零がもち得る可能性に希望を託したのでした。

②洪水（Flood）

「洪水」という言葉からまず考えられるのは、ノアの箱舟に象徴される「創世記」の中の洪水です。しかし、この詩では原爆の惨状をも表しています。

第13連に「長い放浪を経て　洪水前のカインの街に　やって来た」とあります。そして16連では、カインの街にエメラルド色の虹が出てきます。「創世記」によると、虹は神と人間との契約のしるしです。大洪水の後、神はノアに、もはや生き物すべてを滅ぼすような洪水は起こさないと約束されたのです。ところが、20連目に「人間の手の形」をした雲が現れて、洪水の場面が出現します。神の手ではなく、人間自身の手で洪水を引き起こしたのです。

シットウェルが読んだといわれるジョン・ハーシー（John Hersey）の『ヒロシマ』の中に、洪水の場面が出てきます。[註3]ハーシーは１９４６年8月に *The New Yorker* の誌面に、原爆についての長い記事を発表しました。それはセンセーションを巻き起こし、同年には単行本としても出版されました。その中に、原爆投下から一か月余りたった頃、台風が広島周辺を襲来し、一部の地域が水に浸かったと書かれています。

また、詩には「激しい雨」という語も出てきますが、雨は１９４０年のロンドン空襲の詩「なお雨が降る」と同様、自然の雨の他に、空から落ちてくる爆弾も暗示していいます。この「カインの影」においては、放射能を含む「黒い雨」も連想させるのではないでしょうか。

③太陽（Sun）、鳥（Bird）

ここでは人工と自然という観点で太陽（Sun）と鳥（Bird）という語を考えてみます。太陽については「新しい日の出のための哀歌」でも考えましたが、同様のことが「カインの影」でも捉えられます。作者自身は「覚書」に「自然の太陽は本来、人々に温かさをもたらす存在である。また、人間の心も互いに温かさをもつべきである。だが、ついに『カインの影』に至っては、太陽は戦争の道具と化し、人間自身を破壊する存在になってしまった」と書いています。彼女にとって、太陽はキリストの存在を象徴するものでした。それが原爆という人工の太陽によって滅ぼされてしまったのです。

自然と人工という観点から考えるとき、「鳥」という語も重要です。空を自由に飛べる羽をもつ鳥は、人間にとって憧れであり、特に鳩は平和の象徴です。しかし、鳥は餌を得るための鋭い爪や嘴ももちます。作者の夢の中では、鳥のかぎ爪は争いを表していました。

第12連に出てくる「鉄の翼」とは戦闘機の翼です。それはまさに「人工の鳥」で、広島の空に現れたのが人工の太陽だったように、人間の手が造り出したものです。そして今、地球は鉄の翼の陰に伏しているというのです。同じ連には、「翼竜」(Pterodactyl)という語も出てきます。この語は、古代に生息していた翼竜という意味の他、「翼と短い機体をもつプロペラ飛行機」という意味ももつそうです。

(3) ラザロと金持ち

貧富の格差は、シットウェルの後期の詩にとって重要なテーマの一つです。「黄金海岸の慣習」では、富者が弱者を貪る姿が描かれていました。シットウェルの小説『暗黒の太陽の下に生きる』(*I Live Under a Black Sun*)の中には「地球に住む富者と貧者」という言葉があります。

ラザロと金持ちの話は「ルカによる福音書」にあってよく知られています。全身でき物でおおわれているラザロという貧しい人が、ぜいたくに遊び暮らしている金持ちの玄関の前に座り、その食卓から落ちるもので飢えをしのごうとしていました。死んで葬られた後は生前と逆で、ラザロはアブラハムの懐に抱かれたけれども、金持ちは黄泉で苦しんだというのです。

けれども、この「カインの影」では、もう一つのラザロも考えられます。墓から甦るように現れるからです。「ヨハネによる福音書」11～12章に書かれているラザロは、マルタとマリアの兄弟で、イエスが墓から甦らせた人物です。シットウェルは二つのラザロの姿を合わせたのでしょう。自身の覚書で、ラザロは貧困の象徴であると同時に、馬小屋で生まれたキリストをも暗示する存在だと書いています。それで詩の中では、彼のもとに人々が寄って来て「ラザロ　私たちに視力を！　あぁ　あなたの傷は黄金　あなたは　世の新しい光！」と叫びます。光を失ってしまった人間たちは、ラザロに救いを求めるのです。

ところが金持ちは無言のラザロと違って、彼は周りにいる者たちに、金の至上性を訴えます。作者の註にもあるように、シットウェルはパラケルスス（Paracelsus）の錬金術の書にヒントを得ています。金持ちは錬金術の手法で、金から病に用いる真髄をも抽出すべきで、すべてが「金」で解決できるという考えをもちます。

しかし、この詩での「金」は両義性をもっています。いわゆる物質的な富（金）と、精神性をもつ富の両方に使い分けられていて、麦の穂は、自分こそが物質的富よりも重要なものになるであろうと言明するのです。そして、金持ちに対して「あなたは、真の人間ではなくカインの影にすぎない」と告げたのです。

(4) 作者の伝記から

シットウェル自身が記した伝記『世話になって』は、彼女が他界した翌年に出版されました。その最終章には、アメリカを訪れた際に見たスラムの悲惨な状況が記されています。[註4] ハリウッドでマリリン・モンローと出会ったこと、彼女は静かで知的な女性だったことなどが書かれています。

そしてある午後、華やかなハリウッドからロサンゼルスのスラム街へと車を走らせたのです。アメリカで最もひどいスラムでSkid Rowと呼ばれている地域でした。好天気にも関わらず、陽が届かないような暗い場でした。世の中には、富を得て陽の差す華やかな人生を送ることのできる者と、そうでない者が存在するのです。

シットウェルは英国に戻ってからも、このスラムで見た光景を思い出しました。眠れない夜に、再び光景を思い返す詩人は「自分もその冬の世界の一部だった」と書いています。上流階級に生まれ、一見華やかな生活をしている詩人の心の奥底にあるものが示されているのでしょう。伝記には、友人との温かい触れあいや家庭が必要な季節に、休息の場をもたない者もいること、寒い飢餓の世界で、他から遮断されていることなどが書かれています。そして「いったい自分たちは何をしてきたのだろう。今となっては、すべての時が永遠の『寒冷』を感じさせる」という悲痛な思いを表す文で締めくくっています。

社会の矛盾に敏感な詩人は、自身の孤独の中で、弱者の悲惨さを共感するのです。

(5) 賛歌へと

歴史を顧みると、産業革命の新しい科学技術は、経済や社会に大きな発展をもたらしました。しかし、負の部分もあります。英国を初めとする先進国は、強力な軍事力と経済力をもち、アフリカ、アジアなどに植民地をつくり支配していきました。詩のテーマでもある貧富の格差は、国外にも国内にも拡がったのです。二度の世界大戦には様々な原因がありますが、その一つには資源を奪い、市場を拡大するための植民地獲得競争だったといえるのではないでしょうか。

詩では未生の麦の穂が登場しますが、この麦の穂は、未生（unborn）であることも注目すべきです。はたして、それは生まれ得るのでしょうか。

詩の最終連にある「わたしが弟の番人でしょうか?」は「創世記」で、弟アベルを殺害した後、カインが主に向かって言った言葉です。また、ユダは銀貨三十枚と引き換えに、イエスを裏切った存在です。「最後の口づけ」は、マタイによる福音書にあるように、前もってユダが接吻する人こそが、イエスであると示していたのでした。

シットウェルは「売り買いする者の　最後の叫びが　金の苦悶が　静まるとき」にこそ、救い主が現れるといいます。最後の「キリストは再び　血の海の上　激しい雨の中　歩いて来られるのです」には詩人の願いが込められていて、次の「薔薇の賛歌」へとつながるのです。

註1 "The Song of the Cold" *Edith Sitwell Collected Poems* 292-296.
2 Lorenz Oken, *Elements of Physiophilosophy*, trans. Alfred Tulk (London: The Ray Society, 1847) 9.
3 John Hersey, *Hiroshima* (London: Penguin Books, 2001) 95.
4 Edith Sitwell, *Taken Care of : an Autobiography* (London: Hutchinson, 1965)

薔薇の賛歌

（ジェフリー・ゴーラーに）

薔薇が障壁の上で　声をあげる
「私は火の声
私の内で　ザクロ色の死が輝き
ルビー　ガーネット　深紅の露
キリストの傷が輝く

私は自分の茎で立ち上がる
花は　すべての植物は
光で創られる　仕組みで……
火の中で　すべての要素が溶けて
言葉を超えた　輝かしい真髄の中で
溶けて　花になる

私の茎はかがやき立つ
有機水は　暗い大地の中心へ
そして　光へと向かう」

壁の下の　飢餓の街では
すべてが失われ　あるのは飢えた心

そして　人間の影……買い手と売り手が叫ぶ
「光の名は口にするな
今や狂気だ……その口づけで　私たちは焼かれた
太陽のようだが　名は闇だ
我らを責めて　人間は死なねばならぬと命じたのだ」

長い髪を梳いている一人の女がいた

川の流れのリズムにあわせて歌った
「万物は終わるでしょう
血管の中で　時が脈うつように
小人の背のこぶ　平原にたつ山
薔薇の紅　虹の紅
心の火　さまよう惑星の苦しみ
すべての喪失　すべての獲得
それでも　世界は残るでしょう！」

歌声は　放射線の中に消えた……
彼女は今どこに？
溶けてなくなってしまった
ただ紅い影だけが　記憶を失くした石に焼きついて

飢餓の街で　売り手が叫んでいる

「あなたは何を買う？

花嫁衣装？」
（あらゆる世代の姿は消えてしまった　あの熱線の下で）

「では　死装束？」
（もはや用を成さない……死者には隠すものなどないから）

「では　買うのだ」あの襤褸《ぼろ》を　と
地獄から現れた運命神の声がした
「ひと箱のマッチを！
あなたの胸元で　温かさを生み出していた装置が
壊れてしまったから……あなたには火が必要だ
骨の上を　温めるために……
人間すべての灰

世界中の放火犯を集めても
もう燃やしてくれはしまい！
誰が買う？　誰が？
さぁ　私の見開いたままの眼にのせる　銅貨をくれ！」

けれども障壁の上　高く
キリストの傷紅く　薔薇が光に向かって叫ぶ
「ごらん　私が自らの茎で立ち上がるさまを
輝かしい真髄が　言葉を超えて流れだすのを……
この小さな存在から
私はキリストの名を呼ぶ
究極の火である方を
人の心の罪を　燃やし去って下さる方を
いくつかの春が来て　去って……

「私は十字架の上で　雨の中の薔薇よりも紅かった」
「この芳香はキリスト
エリコの薔薇の　種をまかれる方」

この詩は、シットウェルが「広島で草木が芽生えた」ということを知り、書き始めたといいます。[註1] 原爆によって、人間を含めた動植物が絶滅するかにみえた広島の地に、植物が芽生えたという報告が、詩人に賛歌を書かせるきっかけになったのです。

原爆後の広島で、多くの住民に聞き取り調査を行なった精神医学者ロバート・J・リフトンは、原爆投下後、三つの恐ろしい噂が横行したと書いています。その内の一つが「広島には草も木も育たない、今後広島は不毛の地になる」というものでした。けれども、鉄道草という強い草などが育ち、春には樹々が芽吹き、特に翌春、桜が花を咲かせたことが多くの被爆者に、広島が生き返ったと思わせたそうです。[註2] 自然の再生力によって、人間が力づけられたのです。

シットウェルは、この詩で何を訴えようとしたのでしょうか。まず、象徴的に用いられている火（Fire）、薔薇（Rose）などの言葉をとりあげて、詩人が希望の賛歌を書き得た理由や、現代につながる視点を考えたいと思います。

(1) 火(Fire)について

シットウェルは同じ単語を、大文字と小文字で使い分けることが多いのですが、まず第1連の「私は火の声」の火(Fire)は、大文字で始まっています。火は、聖書で神の声に喩えられることがあり、例えば「出エジプト記」では、炎の中に神が現れて語りかけます。

火は破壊と浄化の両義性をもつ存在でもあります。「エレミア書」には「わたしの言葉を火とし、この民をたきぎとする。火は彼らを焼き尽くす」と、破壊の火が示されています。一方、「マタイによる福音書」や「ルカによる福音書には、「このかた「キリスト」は、聖霊と火とによっておまえたちにバプテスマをお授けになるであろう」というヨハネの言葉が記されています。これは人間を浄化する火です。また、「コリント人への第一の手紙」には「その仕事が焼けてしまえば、損失を被るであろう。しかし彼自身は、火の中をくぐってきた者のようにではあるが、救われるであろう」と、火を経ての救済も示唆されています。

シットウェルが原爆についての詩を書くきっかけになった「ロンドン・タイムズ」の記事の見出しは「紫の火柱」でした。原爆という火柱が人々に襲いかかったのです。これは人間が作り出した火で、破壊そのものが目的でした。

第2連には、火の中で溶けるように、植物は溶けて真髄を得て、花を咲かせるという浄化が表されていると言います。シットウェルはパラケルスス（Paracelsus）の錬金術の思想に影響を受けているといいます。大橋博司著『パラケルススの生涯と思想』の中には「われわれの魂も物質や世界と同様の、液化、純化、変容の各段階を巡ってゆくのではないか？」と記されています。[註3] この詩の薔薇も火によって、純化、変容して花を咲かせると捉えられるのではないでしょうか。

第6連の火は小文字で始まり複数です。一人の女が「万物は終わるでしょう」と歌い、消えていくはかない存在の一つとしての火をあげています。彼女自身、次の連で、原爆の熱線を浴びて消えてしまうのです。シットウェルの覚書によると、長崎への原爆投下後の証言から採ったものだそうです。第11連の「世界中の放火犯」という言葉からは、戦争を引き起こす人間の姿が暗示されます。

最後は、薔薇が壁の上で「わたしはキリストの名を呼ぶ　究極の火である方を　人の心の罪を　燃やし去って下さる方を」と告げます。キリストは人間の罪を取り去る究極の火、まさに浄化の火なのです。

かように、浄化の火で再生した薔薇は、壁の上に立ち上がりましたが、第4連にあるように、壁の下には「飢えた心」しかもち得ない者たちがいました。壁の下は弱肉強食の世界なのです。壁は二つのものを分断する存在でもあります。「エペソ人への手紙」には「キリストは私たちの平和であって、二つのものを一つにし、敵意という隔ての中垣を取り除く」と記されています。この薔薇が壁の上に立ち上がったというのは、重要な意味をもつのでしょう。

破壊の火と関連する「放射線」という語も詩には現れます。原爆の熱線です。第6連の一人の女も、熱線の下で消えてしまいました。日本の被爆詩人、峠三吉の詩「影」にも、次のような描写があります。[註4]

ペンキ塗りの柵に囲まれた
銀行の石段の片隅

あかぐろい石の肌理《きめ》にしみついた
ひそやかな紋様

あの朝
何万度かの閃光で
みかげ石の厚板にサッと焼きつけられた
誰かの腰

うすあかくひび割れた段の上に
どろどろと臓腑ごと溶けて流れた血の痕の
焦げついた影

被爆地では一瞬にして紅い影となった人間の跡が、石に残されていたのでした。このような状況でも、広島の地で草木が芽生えてきたという報道に接して、詩人は人間世界も浄化され再生できるのではないか、と希望の賛歌を記したのでしょう。

（2）薔薇について

広島で植物が芽生えたと知り書いたというこの詩で、なぜ薔薇が選ばれたのでしょうか。白薔薇は純潔、無垢を、赤薔薇は血の色を連想させるので、愛、殉教、キリストの受難を象徴するといいます。また、花の女王とされる薔薇は、聖母マリアと結びつけられてきました。聖母は「棘のない薔薇」とも呼ばれますが、これはアダムとエバが原罪を犯す以前の楽園の薔薇には棘がなかったからだといいます。[註5]

詩の第1連にあるルビーやガーネットも赤い宝石で、石榴の果肉や果汁も赤く、「深紅の露」という言葉からも紅い薔薇が想像されます。「キリストの傷」という語からは、キリストの血が連想されます。詩の第2連には「火の中で　すべての要素が溶けて　言葉を超えた　輝かしい真髄の中で　溶けて　花になる」とあります。

1948年に出されたシットウェルの評論『アレクサンダー・ポープ』には「詩は詩人の頭の中に生まれ、血でそだつ。薔薇が暗い葉の中で育つように」と書かれていました。[註6] 苦悩を経て詩が生まれる、苦悩を乗り越えることで得ることがある、というのです。

「新しい日の出のための挽歌」には、広島ではすべての植物の茎は干上がったと書かれていましたが、「薔薇の賛歌」では、その茎を通して再生した存在として、紅い薔薇が描かれたのです。

(3) 自然の循環

シットウェルが1937年に出した小説『暗黒の太陽の下に生きる』の第2章には、自然の循環について、「この地にあるすべての生物は、太陽の下で自然のリズムに従って循環している。生まれ成長し、実りを得て、やがて衰えて没していく。自然の平和な循環である。しかし、都市化、機械化と共に、自然は姿を変えていく」「都市では人工的な環境が自然を損ない、人間どうしの関係も変化してきた。人間と人間の間に亀裂が生まれ、ついに互いに殺戮しあう戦争までに至った」とあります。物質的には豊かになったけれども、大切なものを失ったのではないだろうか、それが原初の自然の中にあるのだと、詩人は感知しているのです。

自然の循環とまさに対極にある存在が、プルトニウムです。長崎への原爆投下はプルトニウム爆弾でした。人工的に生み出されたプルトニウムは、自然に消え去ることはなく、処分することもできません。猛毒性をもつプルトニウムの名は、冥王星（プルートー＝冥土の王）にちなんで名づけられました。詩の第11連に「地獄から現れた」という言葉がありますが、シットウェルは、その由来を知っていたのでしょう。

シットウェルの晩年の詩には、自然を描いた作品が多く、宇宙規模で描かれているので、彼女は「コスモス・メーカー」と評されることもあります。「薔薇の賛歌」の第6連も、自然の循環を表しています。一人の女が歌っている場面です。すべては移ろいゆくが、それでも世界は続く。いったん失われても、再生するのが自然の循環だと歌うのです。

(4) 現代につながる視点

この詩の薔薇は壁の上に立ち上がりましたが、壁の下では「買い手と売り手」が叫んでいました。金を媒介とする者たちが富を追求しているのです。また、現代人は自然を破壊し続けています。化石燃料を使い続け、森林を大量に伐採したため、地球温暖化に直面せざるを得なくなりました。本来、人間は自然と共存してきたはずです。例えば樹木の成長には、一枚一枚の葉の光合成が必要ですが、光合成は太陽の光エネルギーを利用して、大気中の二酸化炭素と水から有機物をつくり、酸素を放出する仕組です。その酸素は人間にとって不可欠な要素なのです。また、現在使用されている医薬品のうち三分の一以上が、熱帯雨林のなかの動植物や土壌中の微生物を原材料としてつくり出されたものだそうです。

今や、自然環境破壊の深刻さにも人間は気づき始めました。核の拡散という大きな問題も抱えています。詩人は予言者（seer）と呼ばれることもありますが、「核時代の三詩篇」は、現代的問題を先取していると捉え得るのではないでしょうか。

詩人は、戦争の惨禍を超えての再生のシンボルとして、壁の上に立ち上がる薔薇を描きました。人間を含む自然を破壊するのではなく、和する道を歩むべきだと示唆しているのです。

C・M・バウラは「戦争を引き起こし、自身をも傷つけた人間を救い得るのは自然の力であり、そこに満ちる光と愛である」と記しています。自然と共生し、人間どうしも争うのではなく、共に「生きる」道を選ぶべきです。註7

註1　Edith Sitwell, *Edith Sitwell Selected Letters*, ed. John Lehmann, and Derek Parker (London: Macmillan, 1970) 154.

2　Robert Jay Lifton. *Death in Life: Survivors of Hiroshima* (New York : Random House, 1967)

3　大橋博司『パラケルススの生涯と思想』（思索社　１９８８）46頁

4　峠三吉『新編 原爆詩集』（青木書店　１９５５）80頁

5　大貫隆ほか編『キリスト教辞典』（岩波書店　２００２）

6　Edith Sitwell, *Alexander Pope*（London : Penguin books, 1948）215.

7　C. M. Bowra, *Edith Sitwell*（Monaco : Lyrebird Press, 1947）41.

A BOOK of the WINTER（1950）
Edith Sitwell

おわりに

イーディス・シットウェルの詩の中で、戦争など社会的テーマの作品を取り上げました。彼女の前期から後期の詩へと移る転機の作品だと評される「黄金海岸の慣習」、ロンドン空襲を描いた「なお雨が降る」そして「核時代の三詩篇」です。シットウェルは現実を見据えて、心に刻んで詩を書いたのでしょう。

ドイツのヴァイツゼッカー大統領の終戦40周年記念演説の、有名な言葉を思い出します。

「過去に目を閉ざす者は結局のところ現在にも盲目になります。非人間的な行為を心に刻もうとしない者は、またそうした危険に陥りやすいのです。[註1]」

過去から大切な教訓を学び取り、未来に生かすことのできる私たちでありたいものです。

最後に、峠三吉の詩と並び、原爆詩として最も知られている詩の一つである栗原貞子の「生ましめんかな」を引用します。[註2] 人間どうしの兄弟愛を訴えるシットウェルの思いに通ずる作品で「生命をつなぐ」ことの大切さを表しています。

生ましめんかな
―原子爆弾秘話―

こわれたビルデングの地下室の夜であった。
原子爆弾の負傷者達は
ローソク一本ない暗い地下室を
うずめていっぱいだった。
生ぐさい血の臭い、死臭、汗くさい人いきれ、うめき声。
その中から不思議な声がきこえて来た。
「赤ん坊が生まれる」と云うのだ。
この地獄の底のような地下室で今、若い女が
産気づいているのだ。
マッチ一本ないくらがりでどうしたらいいのだろう。
人々は自分の痛みを忘れて気づかった。

と、「私が産婆です。私が生ませましょう」と云ったのは
さっきまでうめいていた重傷者だ。

かくてくらがりの地獄の底で新しい生命は生まれた。
かくてあかつきを待たず産婆は血まみれのまま死んだ。
生ましめんかな
生ましめんかな
己が命捨つとも

註1『荒れ野の40年――ヴァイツゼッカー大統領終戦40周年記念演説』（岩波書店　2009）
2 栗原貞子『日本現代詩文庫17　栗原貞子詩集』（土曜美術社出版　1998）16～17頁

Ⅱ　生命をつなぐ言葉を求めて

オーウェルの伝言

イギリスの作家、ジョージ・オーウェル（George Orwell, 1903–1950）が書いた小説『一九八四年』を最近、読み直してみました。この作品は１９４８年に書かれたそうですが、４と８を入れ替えて題にしたというアナグラム説があります。70年以上前の作品ですが、米国でトランプ氏が大統領に就任したのを機に、アマゾンの書籍でベストセラーになったそうです。

オーウェルは、モダニズム後期に位置する作家だと思いますが、スペイン内戦で義勇軍として戦い負傷したり、その後も結核を患ったりしました。早世した彼が、生命をかけて記した作品が、この『一九八四年』ではないでしょうか。いま再び注目を集めているのは、書かれている内容が現代に通ずるからだと思います。

この小説の中で注目されている言葉に「二重思考」があります。その思考について記されているところを挙げてみます。

黒を白と信じ込む能力であり、更には、黒は白だと知っている能力であり、かつてはその逆を信じていた事実を忘れてしまう能力のことである。

また、こんなふうにも書かれています。

故意に嘘を吐きながら、しかしその嘘を心から信じていること、都合が悪くなった事実は全て忘れること、その後で、それが再び必要となった場合には、必要な間だけ、忘却の中から呼び戻すこと、客観的現実の存在を否定すること……。

これらの言葉から、最近の政治の姿を思い出すのは、私だけでしょうか。

この小説の舞台は架空の地、オセアニアです。世界はオセアニア、ユーラシア、イースタシアの三つに分かれていて、主人公はオセアニアの真理省に勤める39歳の男性です。真理省という名も二重思考によるネーミングで、実際は歴史や記録を改ざんする省なのです。
オセアニアには、二重思考と共に「ニュースピーク」という新語法があります。それについて書かれている文を挙げてみます。

ニュースピークは思考の範囲を拡大するのではなく、縮小するために考察されたのであり、語の選択範囲を最小限まで切り詰めることは、この目的の達成を間接的に促進するものだった。

人々に思考させないように、言葉を単純化するためにニュースピークがあるのです。文法も単純化するので、動詞と名詞は互換性をもちます。例えばthought（思想）という名詞はthink（考える）で代用させます。ニュースピーク（Newspeak）も、その考えから付けられたものでしょう。
人々が深く物事を考えなくなる方が、権力者にとっては都合がいいのです。ニュースピークにはprolefeedという語もありますが、「プロレタリアートに与える餌」の意の短縮形でしょうか。大衆相手にばらまく娯楽や偽のニュースのことだといいます。

さて、ニュースピークの言葉は、文学や哲学には適さないということです。この小説を読み直してみて、私はあらためて文学、特に詩の言葉について考え直してみたいと思いました。オーウェルはこの作品を通して、私たちに「大切なものは何か」ということを考えてほしかったのだと思うのです。二重思考やニュースピークは、自身や他者に対して偽ったり誤魔化したりするものですが、文学の言葉は決してそうであってはならないはずです。

ふと、八木重吉が書いた「聖書」という詩を思い出しました。

この聖書のことばを
うちがわからみいりたいものだ
ひとつひとつのことばを
わたしのからだの手や足や
鼻や耳やそして眼のようにかんじたいものだ
ことばのうちがわへはいりこみたい

宗教を信じるか否かは別として、「ことば」に対して真剣に対峙している姿を感じることができます。いや、対峙するだけでなく、自分自身と一体化させて深めようとしているのでしょう。だから「ことばのうちがわへはいりこみたい」というのだと思います。

大岡信さんの『詩・ことば・人間』という本に、次のような文章があります。

言葉の一語一語は、桜の花びら一枚一枚だと言っていい。一見したところぜんぜん別の色をしているが、しかしほんとうは全身でその花びらの色を生み出している大きな幹、それを、その一語一語の花びらが背後に背負っているのである。

また、次のような文章もあります。

そうだ、たしかに、言葉の問題はすべての鍵であるといっていい。なぜなら、われわれは言葉によって生かされ、言葉を生き、言葉を生かす存在だからである。

私たちが発する言葉は、私たちの「幹」から出ているものです。真実の言葉を探して、発していくことができるように努めていきたいと、切に願っています。

ジョージ・オーウェル
George Orwell

引用文献
ジョージ・オーウェル『一九八四年』高橋和久訳（早川書房　２００９）
大岡信『詩・ことば・人間』（講談社　２００１）

「クリスマス・キャロル」の幽霊

イギリスの作家、チャールズ・ディケンズ（Charles Dickens, 1812–1870）が書いた作品に、「クリスマス・キャロル」があります。ここでは、この物語の中の幽霊について考えてみたいと思います。主人公スクルージを改心させる不思議な存在だからです。

スクルージは非常にけちで貪欲な性格でした。英国で「きみはスクルージだね」と言うと、「きみはけちだね」ということだとか。「けち」の代名詞になるほど、よく知られた存在なのでしょう。

クリスマスの前日、そんな彼の前にまず出て来たのは、かつての共同経営者、マーレイの亡霊でした。マーレイもスクルージと似た性格で、生前はお金儲けに徹していました。

その亡霊は、死んでからずっと鎖につながれて辛い旅をしていると語り、次のように忠告するのです。

私が今夜ここへ来たのは、お前さんには、まだ私のような運命から逃れるチャンスと希望があるということ知らせるためなのだ。

そして、スクルージが改心できるように、三日続けて深夜に一人ずつ、第一～三の幽霊が現れると告げるのでした。

「カーン、カーン、カーン！」鐘の音と共に、まず出てきたのは「過去のクリスマスの幽霊」でした。その幽霊は、スクルージを過去へ連れていきました。当時は、貧しい境遇でも、本を読んで登場人物に心を寄せることのでき

スクルージとマーレイの亡霊
1843 年初版本挿絵

る、けなげな少年でした。奉公先の主人も寛大な人で、クリスマスには楽しい時を過ごすことができました。

しかし成長すると共に、彼の性格は変わっていきます。お金儲けという欲に占領されてしまったのです。そのことを見抜いたのは婚約者、ベルでした。「あなたは変わってしまった」と告げて、スクルージの元を去っていきます。

二番目に出てきたのは「現在のクリスマスの幽霊」です。その幽霊は、スクルージの事務所の書記、ボブ・クラチットの家に、彼を連れていきました。ボブは、わずかの給料しかもらえず、非常に貧しい暮らしをしています。それでも、家族そろってクリスマスを祝っています。ただ、足が不自由な末っ子、ティムの生命が長くはないということが分かります。

幽霊はスクルージを甥の家にも案内します。彼は、クリスマスを一緒に祝おうという甥の誘いを断っていたのでした。甥の家族は、美味しい食事やゲームに興じていて、そのゲームの中で、お金にしか興味がないスクルージは、笑いの対象になっているのでした。

幽霊が着物の襞から二人の子どもを取り出した場面は印象的です。二人は、惨めな姿をした男の子と女の子でした。幽霊は次のように語ります。

この男の子は『無知』で、この女の子は『欠乏』だ。この二人とこういう仲間たちに用心しなさい。ことにこの男の子に用心するのだ。もし書いたままで消えていないなら額に『滅亡』と出ているはずだ。

これは示唆的な言葉ではないでしょうか。

そして、最後に現れたのは「未来のクリスマスの幽霊」です。その幽霊が見せたのは、評判の悪い男の死の場面でした。その男は誰にも世話してもらえず、泣いてくれる者もいない状況で息絶えていたのです。

その後、雑草がはびこる墓地に案内されたスクルージは、その男の墓石に「スクルージ」という名が記されているのを見て、それが自分の未来の姿なのだと悟るのでした。

過去、現在、未来の幽霊のおかげで、スクルージは自分の愚かさを悟り、生き方を変えようと決心しました。クリスマスの日には、「クリスマス、おめでとう」と、道行く人々に声をかけて、貧しい人のために寄付もします。書記の給料も上げて、その家族の援助もしたので、幼いティムも助かったのでした。

さて、この『クリスマス・キャロル』は、発売後すぐにベストセラーになったそうです。心を入れ替えたスクルージの姿に、自らを顧みた読者も多かったといいます。

当時の英国は産業革命を経て、急速な工業化や都市化と共に、貧富の格差が拡がり、苛酷な児童労働などもありました。ディケンズ自身、父親の借金のせいで、12歳で靴墨工場に働きに出る苦労を体験しています。

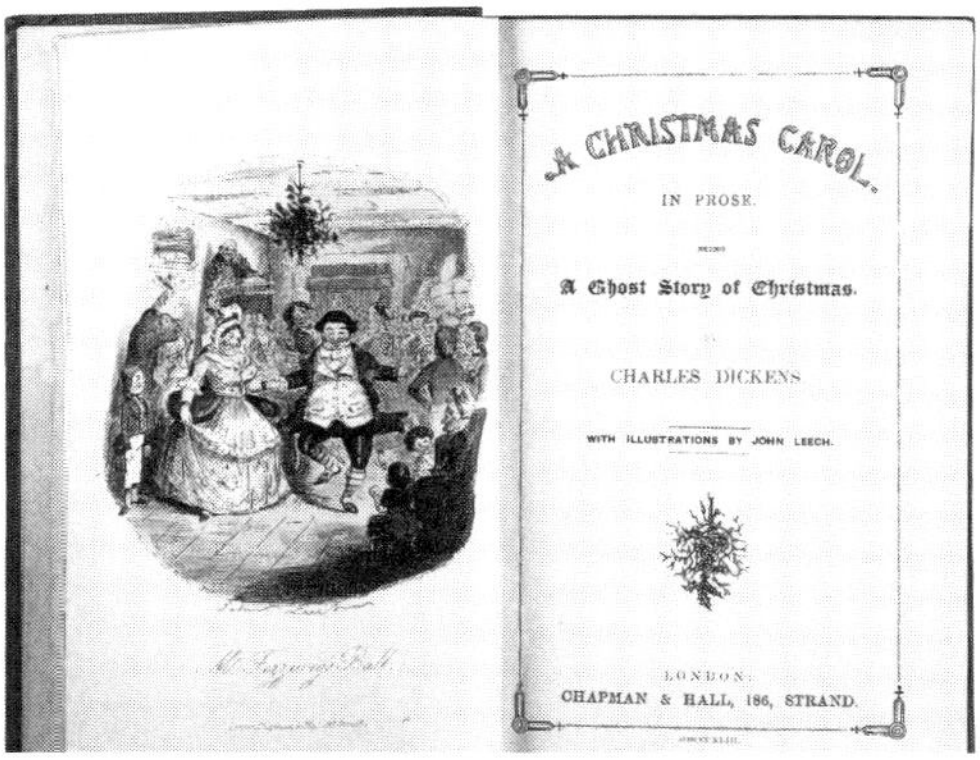

1843年初版本の扉

現在の、私たちの社会状況はどうでしょうか。昨今の風潮を表す「今だけ、カネだけ、自分だけ」という言葉を聞いたことがあります。今が良ければ、未来の人たちがどうなってもよい、カネが儲かるなら何をしてもよい、自分が幸せなら他者はどうでもよい、ということです。この生き方は、まさに「スクルージ」なのではないでしょうか。

現在、グローバル化が進むと同時に、貧富の格差も拡がっています。自然破壊も深刻になり、異常気象が増えています。地球の未来はどうなるのでしょうか。「現在のクリスマスの幽霊」が語った「無知」とは、現実に目をそむけて、事実を知らないことかもしれません。「欠乏」とは、想像力や共感力の欠如だと思います。苦境にある人たち、未来に生きる人たちを思い遣る心を失いつつあるのではないでしょうか。そして、このままの状況が続いて、「滅亡」が待っているとしたら……。

過去を顧み、現在を見つめて、未来に思いを馳せることのできる人間でありたいと願います。

引用文献

チャールズ・ディケンズ『クリスマス・カロル』村岡花子訳（新潮社　1999）

晩夏に感じたこと

酷暑の夏も過ぎ、ようやく秋の気配が漂ってきました。

先日、ベランダで蝉が、あおむけに倒れていました。新聞紙でつかんで捨てようとしたのですが、触れるやいなや、バタバタ！　と、すごい力で動いたのです。驚いて手を離すと、蝉は数歩こちらの方に進み、鋭い眼で私をにらみつけました。怖れを感じて私は、あわてて部屋に逃げ込みました。

これと似たことが、以前あったような……。そうだ、あの時たしか同じようなことがあり、「晩夏」という詩を書いたのでした。

当時、私は詩作が好きで、「灌木」という同人誌に所属していました。そして、「晩夏」の詩で、思いがけず「灌木賞」をもらったのでした。私の詩は拙く、まさか賞をいただけるなんて夢にも思っていませんでした。

ただ、その賞は同人の投票によるものなので、比較的若かった私を励ますつもりで、投票してくださったのかもしれません。

その詩を引用してみます。

晩夏

ベランダにせみが
あおむけにひっくり返っていた
スリッパの先で　触れたら
ブルブル！
ものすごい羽音をたてて飛び上がった
そして　怒り狂ったように
前方の木に向かって突進していった

死の淵で　なお

お前を奮い立たせたのは
いったい　何?

敵が迫ってきた　という恐怖か
飛ぶこと　木に向かうということは
本能なのか
最後の瞬間まで
夏に　とんで
しがみついて
高らかにうたう
われは　せみであるという
決して捨てたくない　意地なのか

さいごに
ひと声でも　発することができたかい

木のぬくもりを感じえたかい
かっと照りつける太陽を
はね返すことができたかい

黒く光った　その
わずか五センチほどの　身体で

何年前に書いたのだろうと、いただいた賞状を探してみました。すると、平成7年の第19回灌木賞だと分かりました。書いたのは前年の夏で、「灌木」492号（平成6年11月号）に掲載されたようです。

平成7年といえば、阪神淡路大震災が起きた年です。あれから約25年もたったのです。当時はまだ若かったからでしょうか、あのとき私は〈蝉〉を他者の視点で捉えていたようです。けれども人生の晩年に入った今、あらためてこの詩を読むと、自身への問いかけのようにも感じるのです。はたして私は、最期に「夏に　とんで　しがみついて　高らかにうたう」ことが、できるのだろうか、と。

阪神淡路大震災のことは、今でも忘れることができません。幸い、私の家や家族は無事でしたが、私の住んでいる阪神地域は壊滅的な被害を受けました。ビルや家々が壊れ、たくさんの方が犠牲になられました。水道などのライフラインが途切れたことは、生活に困難をもたらしました。もしかして、この〈蝉〉に、犠牲者の姿を重ね合わせて、票を入れてくださった方もおられたのかもしれません。

さて今、私は詩をほとんど書かなくなっていますが、震災後、無性に勉強がしたくなって大学院に入りました。そして英詩などの文学を研究し始めて、現在に至っています。

いま、年齢においては晩夏ではなくて、晩秋なのかもしれません。けれども、最期まで何らかの形で文学や言葉に関わり、何かを「発する」ことができればいいな、と心から願っています。

心に残る映画「舟を編む」

「舟を編む」は、二〇一二年に本屋大賞を受賞した、三浦しをんさんの同名小説を、映画化した作品です。

主人公の馬締光也を演じたのは、松田龍平。妻の香具矢は宮崎あおい、国語学者の松本は加藤剛、上司の荒木は小林薫が演じています。

私はまず、題名に興味を抱きました。「舟を編む」とは、どういう意味なのでしょう。馬締たちが働いているのは出版社、玄武書房の辞書編集部です。『大渡海』という辞書を、新しく生み出そうと、長い年月をかけて努力しているのです。

「辞書は、言葉の海を渡る舟だ」と、荒木は言います。「ひとは辞書という舟に乗り、暗い海面に浮かびあがる小さな光を集める。もっともふさわしい言葉で、正確に、思いをだれかに届けるために」と。そして、松本は「海を渡るにふさわしい舟を編む」のだ、と語るのです。

辞書編纂は根気を要する作業です。目先の利益をあげる仕事ではないので、玄武書房の中でも目立つ場ではありません。けれども、彼らはひたむきに「言葉」に向き合っています。

主人公の馬締は、名前どおり「まじめ」です。真面目すぎて、時には変人だと思われるぐらいで、生きることに不器用な人です。馬締だけでなく、ここに登場する人たちは皆、不器用さを抱えているようです。出世や金銭欲からは無縁で、ひたすら言葉を愛して、追求しているのです。

途中から辞書編集部に配属された岸辺は、言葉と本気で向き合うようになって、自分が変わったと言います。「言葉の持つ力。傷つけるためではなく、だれかを守り、だれかに伝え、だれかとつながりあうための力に自覚的になってから、自分の心を探り、周囲のひとの気持ちや考えを注意深く汲み取ろうとするようになった」と。

国語学者の松本の発言「言葉は、言葉を生みだす心は、権威や権力とはまったく無縁な、自由なものなのです」も、印象的です。

松本は、辞書の完成前に病気で他界するのですが、馬締は「先生のすべてが失われたわけではない。言葉があるからこそ、一番大切なものが俺たちの心のなかに残った」

と思うのです。「死者とつながり、まだ生まれ来ぬものたちとつながるために、ひとは言葉を生み出した」とも。

映画を観て感動した私は、原作も読みました。そして「言葉」について、あらためて考えさせられています。

「ＰＯ」に関わっている私たちも、言葉を愛し、言葉に向き合っているのではないでしょうか。他者を傷つけるのではなく、大切な思いを伝えて、つながるために。また、権威や権力と無縁で、自由なものでありたいと願います。効率や利潤追求からは、離れているのもしれませんが、いや、だからこそ「言葉」にこだわっていたいと思うのです。

かけがえのない生命の時間

「神戸ゆかりの美術館」で、特別展「無言館—遺された絵画からのメッセージ」が開かれていました。

無言館は、長野県上田市にある、戦争で亡くなった画学生の作品を展示している美術館です。数年前に平和ツアーで訪れた際、その美術館の佇まいや展示内容に感動した私は、神戸での展示を心待ちにしていました。

戦況が厳しさを増した昭和18年、学生の徴兵猶予特権が廃止されたそうです。それで多くの学徒が戦地に向かったのですが、その中には美術学校などで学ぶ画学生もいました。彼らは愛する家族、恋人、故郷などの姿を記憶に留めようと、一心に画布に向かった後、戦地に旅立ったのでした。

太田章は、可愛がっていた妹の姿を描きました。明るい色調のとても美しい絵です。

召集令状を受け取ってから出征するまでの間、何枚もデッサンを重ねて描き上げたそうです。その彼が満州で亡くなったのは23歳のときです。

若い青年たちの遺した絵は、今もなお「生命」を発しています。彼らの絵は、決して「物（モノ）」ではないのです。

特別展の入口には、無言館の館長、窪島誠一郎さんの詩「あなたを知らない」がありましたが、そこでは一枚の絵は、「かけがえのない生命の時間」だと表されていました。

無言館で人気のある作品「静子像」のモデル、静子さんは、夫が遺した絵を手放し無言館に託すことを、最後まで躊躇されていたそうです。けれどもある日、夫が夢に現れて、絵は多くの人に見てほしいと告げたそうです。

可憐であどけない女性の顔の画は、静子さん亡き今も、何かを語りかけているようです。

窪島誠一郎さんは、ある書の中で「無言館」という言葉について、もともと画学生の「無言」は、単なる沈黙を意味するのではなく、伝えるべきあまりに多くの言葉を内包する「無言」という意味だったと書かれています。けれども、別の意も含むのではないかと思うにようになった、とも。「画学生の絵の前に立つ私たちのほうが言葉を喪い、無言で佇むしかない」という意ではないか。彼らの絵を前にして私たちが抱かざるを得ない心の静寂、自らが自らに問いかける自問の時間ではないか、と。

折しも、コロナ禍の私たちは、まさに「生きる」ことについて、改めて考えざるを得ない時かもしれません。静かに自分自身と対峙する時かもしれないのです。

特別展には、窪島氏の別の詩「乾かぬ絵具」も掲げられていました。

六十年も経つのに
あなたの絵具は
ちっとも乾いていない

あなたの描いた絵の朱は
まるで　昨日の夕陽をみるように
鮮やかで　美しい朱だ

あなたの描いた一本の線は
まるで　あの日のあなたの決意をみるように
真っすぐで　ためらいのない線だ

六十年経った今も
ちっとも乾いていない　あなたの絵具は
あなたが今も　そこに生きていることを
私たちに教えてくれる
鮮やかな　生命の色だ

乾かぬ絵具よ
今も　少しも色褪せぬ
あなたの一滴の生命よ

「神戸ゆかりの美術館」は、人工の島「六甲アイランド」にあります。絵を観た後、外に出ると、人工の島にもたしかに秋が訪れていて、静かな風が木の葉を震わせていました。
記憶を留めようと描かれた絵は、言葉以上のメッセージを伝えているようです。

太田章「和子の像」

引用文献
窪島誠一郎編・著『無言館の青春』（講談社　２０１７）

嘘の言葉と真実の言葉

インターネットの普及に伴って、「フェイクニュース」という言葉をよく耳にするようになりました。例えば２０１６年のアメリカ大統領選時に、「ローマ法王がトランプ氏の支持を表明した」という情報が流れましたが、これは真っ赤な嘘でした。けれどもソーシャルメディアの中、百万回以上も共有されたといいます。

国内でも、熊本で地震が起きたとき、「熊本の動物園からライオンが逃げ出した」と、写真をネットに投稿した人がいたそうです。この写真は南アフリカのヨハネスブルグで撮られたものだったようですが、動物園には問い合わせの電話が百本以上もかかってきたといいます。

フェイクニュースの目的は、主に二つあるそうです。一つは政治目的、もう一つはウェブサイトのアクセスで、広告収入を得る目的です。

フェイクニュースは、どのように作られるのでしょうか。幾つか方法があるようですが、まずは偽造。最新の技術を駆使して、証拠が実在するような嘘の情報を作ることです。次に証拠のコラージュ、これは正しい情報と嘘の情報を巧妙に組み合わせること。さらに、すっと心に入る短いスローガンやキャッチフレーズを巧みに用いることだといいます。最近は、ボット（bot）と呼ばれる自動送信の仕組みがあり、大量の情報を自動的に流すことも可能だそうです。

フェイクニュースを見極めるには、どうすればよいのでしょうか。先日、新聞で「フェイクの見破り方教育」という記事を見つけました。フィンランドでは、国の学習指導要領に、フェイクニュースなど偽情報への対策が入れられたというのです。

例えば、小学校の国語の時間。子どもたちに編集されたフェイク動画を見せます。そして、情報を何も考えずに受け取るのではなく、立ち止まって考えることの大切さを伝えます。同じ事象でも、視点によって見え方が異なること、情報の裏側にある意図を知ること、真偽を見極めるには「批判的に考えること」が必要だと伝えます。「批判的思考」は、フィンランド教育の根幹の一つです。その成果でしょうか。偽情報に対する抵抗力で、フィンランドが欧州第一位だといいます。

教える側の力も必要です。フィンランドで教員として採用されるには、教育学などの専門分野の修士号取得が必須だそうです。教員は社会的にも尊敬されていて、職業としての人気が高いのです。そんな状況でも近年、子どもたちの読解力の低下が問題視されているといいます。スマートフォンやタブレットなどを利用する時間が増えて、本や長い文章に触れる時間が減少し、読書に必要な集中力が低下しているからです。

さて近頃、電車に乗ると、ほとんどの人がスマートフォンを見ていることに気づきます。私自身もときどきは見ますが……。けれども、本や新聞を読むことも大切にしています。

嘘の言葉に対して、真実の言葉とはいったい何なのでしょう。以前、読んで印象に残った、吉本隆明氏の『詩とはなにか』を、再び手にとってみました。

おそらく「ほんとのこと」を口にできる社会や時代は、現在のところただ志向しうるだけである。わたしにとって、詩にほんとのことを吐き出すというのは現実上の抑圧を、詩をかくことで観念的に一時的に解消することを意味しているようである。……詩とはなにか。それは、現実の社会で口に出せば全世界を凍らせるかもしれないほんとのことを、かくという行為で口に出すことである。

戦前、素直な少年たちは職業軍人などを目指し、社会を肯定的に捉えていました。しかし、吉本氏は孤独を感じつつも、彼らと同じ方向には向かうことができませんでした。彼にとっては、詩こそ真実の言葉だったのです。

また先日、神谷美恵子さんの本に、次のような言葉を見つけました。ハンセン病の治療を行なっていた長島愛生園で、精神科医長をしておられた方です。当時、ハンセン病は治療法がない感染病と捉えられていて、偏見や差別も強く、患者は強制的に島や僻地の療養所へ隔離・収容されていました。神谷さんは、苦しむ人々に寄り添い、『生きがいについて』を記す際に、次のような言葉を発しているのです。

どこでも一寸切れば私の生血がほとばしり出るような文字、そんな文字で書きたい。……体験からにじみ出た思想、生活と密着した思想、しかもその思想を結晶の形でとり出すこと。

神谷さんの『生きがいについて』を取り上げて論じている若松英輔氏は、哲学者のニーチェに言及しています。ニーチェは、真実の言葉は「血」で紡がれなくてはならないと記しているからです。

『ツァラトゥストラかく語りき』で彼は「すべての書かれたもののなかで、わたしは血で書かれたものだけを愛する。血で書け。ならばわかるだろう。血が精神であることを」と書いています。

ここで「血」が意味するのは、全存在を賭けてという意味のほかに、自分という存在に流れ込む歴史の問題をひっさげて、という意味でもあると思います。

フェイクニュースが横行する現在だからこそ、真実の言葉を追い求めていきたいと願っています。それは何より、生命を愛する言葉だからです。

引用・参考文献

マーティン・ファクラー『データ・リテラシー』（光文社　2020）
一色清ほか『メディアは誰のものか――「本と新聞の大学」講義録』（集英社　2019）
吉本隆明『詩とはなにか』（思潮社　2006）
若松英輔『神谷美恵子「生きがいについて」』（NHK100分de名著　2018）
毎日新聞（朝刊2022年1月14日）

使命を貫いた人生　──神谷美恵子さん

最近、神谷美恵子さんの書を読み、惹かれています。『神谷美恵子日記』に次のような言葉があります。彼女が30歳のときに記したものです。

どんなに人間や人生に悲しい面や汚い面があろうとも、私はやっぱりそれらの中から美しいものや浄いものを昇華して、それを歌って行きたいとけさあらためて強く強く希った。

やっぱり私は最初の動機の通り、専ら人を愛する道として医学にたずさわればそれでよいのだ。そうして私独特のものは、やはり文章を通して、恐らく文学を通して現わすべきものなのではないかと思う。

神谷は代表作『生きがいについて』の「おわりに」で、なぜ医師になったのかを記していにます。津田英学塾2年生のとき、キリスト教伝道者だった叔父に誘われて、東京都の多摩全生園を訪れた。そこで「らい」の患者さんたちに初めて出会い、大きなショックを受けた。そして「できれば看護婦か医師になって、この人たちのために働きたい」という思いが心に芽生えたというのです。

しかし、周囲の反対や自身の病気（結核）のために、この願いは達成できそうにありませんでした。後年、コロンビア大学大学院の古典文学科在学中に、思いがけず父親の理解を得て、文科から医科への転向が許されたのでした。

神谷は優れた語学力を生かして、津田塾大学や神戸女学院大学で教鞭もとりました。しかし、何よりも使命を貫いて、ハンセン病療養所長島愛生園で精神科医として、献身的に働いたのです。

また、彼女の心の奥には常に「詩」が流れていたのではないでしょうか。愛生園で、身体が不自由で、視力まで失った、ある患者のことを次のように記しています。

ベッドの上に端坐し、光を失った眼をつぶり、顔をややななめ上むきにして、じっと考えながら、ポツリポツリと療友に詩を口授するひとの姿。そこからは、精神の不屈な発展の力が清冽な泉のようにほとばしり出ているではないか。

神谷がレバノン生まれの詩人、ハリール・ジブラーンの詩を翻訳していたことにも、詩への思いが現れていると思います。ジブラーンはアラビア諸国、アメリカ、ヨーロッパなどで広く親しまれている詩人です。

彼女が訳した詩「苦しみについて」は、愛生園の人々にもつながると思います。抜粋して記します。

あなたの生命に日々起る奇跡
その奇跡に驚きの心を抱きつづけられるならば
あなたの苦しみはよろこびと同じく
おどろくべきものに見えてくるだろう。
そしてあなたの心のいろいろな季節をそのまま

受け入れられるだろう。ちょうど野の上に
過ぎゆく各季節を受け入れてきたように。
あなたの悲しみの冬の日々をも
静かな心で眺められることだろう。

愛生園の人々の、苦しみを経る姿に、重なるのではないでしょうか。
さて、世界には戦争や紛争があり、悲惨なニュースが日々伝えられる昨今です。ジブラーンの詩「おお地球よ」の中の言葉を、引用したいと思います。

なんと寛容なものであることか、地球よ。
私たちはあなたから元素をひきぬき、
大砲や爆弾をつくるのに、あなたは
私たちの元素から百合やばらの花を育てる。

私たち現代人は、寛容な地球に甘えているのではないでしょうか。地球に住む私たちは互いに争うのではなく、尊重し合うべきだと、あらためて思うこの頃です。

引用文献

神谷美恵子『神谷美恵子日記』（角川文庫　２０２１）
神谷美恵子『生きがいについて』（みすず書房　１９９１）
神谷美恵子『ハリール・ジブラーンの詩』（角川文庫　２０２２）

吉本ばなな『哀しい予感』から

コロナウィルスの蔓延、ロシアのウクライナ侵攻など、不安なニュースに押しつぶされそうなこの頃です。加えて最近の猛暑！　地球温暖化が加速しているのでしょうか。

さて先日、吉本ばななさんの小説『哀しい予感』を読みました。現実離れした夢のような物語で、初めは少し違和感をもちましたが、それでもなぜか惹かれました。比喩などの表現が美しいからでしょうが、何より、ヒロインの生き方に惹かれたのだと思います。

主人公は、弥生という名の、予知能力があるかと思われる敏感な女性です。彼女には、過去の事件を感知する霊感のようなものさえあります。子どもの頃、家の改築のため、短期間住んだ古い借家の浴室でのことです。

裸電球の明かりの下で、黒くくすんだタイルのモザイクをぼんやり見ていた。湯気の中で私は突然何かが思い出せそうな気がしてきた。……

ふいに胸の内側がざわざわする感じ。何かが、わかりそうな気配。そして何かを見つけることができそうな予感……自分の何もかもをくつがえすような出来事がやってくるような、少し恐ろしくて奇妙にわくわくして、どこかもの哀しい気持ち……

後で調べてみると、その借家では実際に哀しい事件が起きていたのでした。ところで彼女は、私立高校の音楽教師をしている叔母に、不思議な親近感を抱いています。

19歳の初夏、一人暮らしの叔母の家を訪問して、しばらく滞在します。叔母がピアノを弾くのを耳にした描写は印象的です。

音というものが目に見えるときがあるのだと、私はその暮らしの中ではじめて知った。いや、その時のそれは何かもっと、なつかしい眺めだった。その美しい旋律は遠い昔、いつもそうして、音を見ていたような、そんな甘い気持ちをよびさました。私は目を閉じ、耳を傾け、みどりの海底にいるようだと思った。世界中が明るいみどりに光って見えた。水流はゆるやかに透け、どんなにつらいことも、その中では肌をかすめてゆく魚の群れくらいに思えた。行きくれてそのままひとり、遠くの潮流に迷い込んでしまいそうな、哀しい予感がした。

二人で語り合ううちに、叔母だと思っていた人は、実は年齢の離れた姉であることが判ります。実の両親は、家族でドライブ旅行しているときに、交通事故で亡くなったこと、そのショックで、幼かった弥生が当時の記憶を失くしたこと、現在の両親は育ての親であることも判ったのです。なぜか惹かれ合う弟とは、実は血がつながっていないことも……。

その後、弥生と姉は、交通事故の現場を訪れて、当時の記憶を呼び覚ますのでした。また、弥生と弟は、恋人どうしになっていくのです。

私は、ヒロインの生き方に注目したいと思います。予感や直感を大切にして、時には確認のために行動する。孤独を怖れず、一人旅などもして、考える時間をもつ。話すべき相手とは進んで語り合う。行動に伴う実感を大切にして、進むべき道を見つける……。

たとえ遠くからでも、一人で訪ねてくる弥生に、姉は「来てくれてありがとう。あなたの行動力を私は称える。」という言葉を発するのです。

そして弥生は、「おばと弟を失ったのではなくて、この手足で姉と恋人を発掘した」のでした。彼女は『哀しい予感』を越えて、自分らしく「生きる道」を見つけたのだと思います。

引用文献
吉本ばなな『哀しい予感』（幻冬舎　２０１６）

「此処」だけではなく

大江健三郎さんが他界されたという報道を耳にして、寂しさを感じています。あらためて私の本棚を見ると、大江さんの本が10冊以上あります。果たして、しっかり読んできたでしょうか。再度、読まなくては、と思っています。

2001年に出された書に『「自分の木」の下で』があります。

大江さんは祖母から「森の中には人それぞれ自分の木がある。木の魂が人の身体に入り、その人が亡くなると、魂は木に戻る」という話を聞きました。それで、森の木の下で、年とった自分に会えるかもしれない、と思い始めたそうです。もし会えたら「どうして生きてきたのですか」と問いたかった。「どうして」には「どのような方法で」と「なぜ」という二つの意味がある、と。そして、いつの日か自分がそう問われるときのために小説を書いてきたのではないか、と記しておられます。

また、子どもの頃、木の上で本を読む習慣があったそうです。「考えるというのは、つまり言葉で考えることだ」と気づいたのも、木の上でした。木がまっすぐ上に向かって伸びるのを見て、自分もそうありたい、と願うようにもなりました。

この書は、若い人たちへのメッセージ集だと思うのですが、解決できない苦しいことに出合ったときには、「ある時間、待ってみる」ことも大切だ、と書いておられます。

『ヒロシマ・ノート』には、幾つかの印象的な言葉があります。

広島への初めの旅は1963年の夏で、大江さんの長男が瀕死の状態で生まれた頃でした。広島の人々の生き方と思想とに感銘を受けて、「これらの真に広島的なる人々をヤスリとして、自分自身の内部の硬度を点検してみたい」と感じたそうです。

また、広島の人々の悲惨な死を克服するためには、死そのものを役だてることへの信頼がなければならない。「そのようにして死者は、あとにのこる生者の生命の一部分として生きのびることができる」と。

そして、「真に広島の思想を体現する人々、決して絶望せず、しかも決して過度の希望をもたず、いかなる状況においても屈服しないで、日々の仕事をつづけている人々、僕がもっとも正統的な原爆後の日本人とみなす人々に連帯したいと考えるのである」と、結ばれています。

広島に関しては、『あいまいな日本の私』に引用されている、井伏鱒二さんの『黒い雨』に関する文章も印象的です。敗戦の玉音放送を聞きながら、広島の「ひとりの庶民が裏庭に出て、放送を聞きながら川を見ると、小さな溝に鰻の子供がどんどんさかのぼってくる。それが何を表しているかといえば、生命の力を表しているでしょう。新しい生命というものがこんなにある。生きている、命というものが今後も続いていくということを強く感じる」と。

大江さんの本を読むと、「此処」だけでなく、過去・現在・未来と続く生命の流れを感じます。過去から教訓を学び取り、未来に生かすことの大切さも。

『読む人間』という書には、恩師の渡辺一夫さんに本の読み方を教わったと書かれています。3年ごとに、読みたいと思う対象を選んで、作家、詩人、思想家を集中して読むことだ、と。それが、文体を変えていくことにもつながったそうです。「文学のテキストで、もっとも沢山、暗記しているのは詩です」。ウィリアム・ブレイクやT・S・エリオットの詩など、英詩も読み込んでこられたのです。『オリエンタリズム』で有名で、大江さんと同い年のエドワード・サイード氏とも交流がありました。「サイードが過去の取り返しのつかないものへ抱いている深い感情、喪失感、それを重んじる態度に、現実の経験についても、芸術に関しても、じつにしみじみ共感するのです」。

大江さんは此処、日本だけでなく、常に世界的な視点で考察してこられたのです。

世界で紛争が続き、混沌としている昨今、時の流れという縦軸と、世界的拡がりの横軸を合わせもつ思考が求められているのだ、とあらためて思います。何より「生命」をつないでいくために。

行動する作家　――小田実さん

数か月前から近所で、「地震に強い水道管に取り替える工事」が行なわれています。阪神淡路大震災から28年経つのですが……そういえば、あのとき、水道管から水が一滴も出ず、困り果てました。

当時、ベランダから見ると、あちこちで火災が発生して煙が上がっていました。消防車は来たそうですが、消火栓にも水がなく、消防車はそのまま戻ってしまったということです。地震で水道管が壊れてしまったのだ、と。

住まいや家財などの生活基盤を失い、途方に暮れている人も多くいましたが、行政からの援助はありませんでした。どうしてなのだろう？　震災以前は行政に関心のない私でしたが、あのとき、市民は声をあげるべきだと実感したのでした。

ある集会に参加したときのことです。そこに、作家、小田実さんがおられました。

西宮で被災された小田さんは、被災者支援の公的援助を求める活動に、率先して取り組んでおられたのです。それは後に、「被災者生活再建支援法」の成立につながりました。

小田さんは、大阪生まれの作家です。留学生時代に世界を駆け巡って記したベストセラー紀行『何でも見てやろう』には、こう書かれています。

出かけるにあたって、私は一つの誓をたてた。それは「何でも見てやろう」というのである。これは、行くからには何でも見ないとソンや、といういかにも大阪人らしい根性からでもあるが、もともと、私は何でも見ることが好きな男であったのである。それは私のタチでもあり主義でもあった。

小田さんは「行動する作家」といわれていますが、その基盤には、中学1年生のときの空襲体験があるのかもしれません。当時、大阪は何度も空襲を受けていましたが、8月14日午後、近所に爆弾が落ちたのです。小田さんは、お兄さんの手掘りの防空壕に入っていて、九死に一生を得たそうです。

その体験が、後に「べ平連」（ベトナムに平和を！市民連合）の活動にもつながったのでしょう。

若い人に向けて、大震災のことを書かれた書には、娘さんが通っておられた小学校の生徒の詩を引用しておられます。

生きていてよかった
生きていてよかった　いのちのたいせつさをしった
生きていてよかった
生きていてよかった　たすけあうこころをしった
生きていてよかった
しぜんのきびしさと人のやさしさをしった

互いに助け合ったことについて、小田さん自身は次のように書かれています。

まず述べておきたいのは、大災害のなかで、生き埋めになった人を助け出したのは近隣の市民であって、警察でもなければ消防隊でもなければ、自衛隊でもなかったことです。あるいは、よその都市から助けにやって来た「ボランティア」でもありませんでした。血だらけになって、みんながおたがい助け合いました。まず第一の「ボランティア」は被災者自身です。より軽微な被害の被災者はよりひどい目に遭っている被災者を助けた。これがほんとうの「ボランティア」の始まりです。

確かに、近隣の人たちが助け合った話は、私もよく耳にしました。食べ物がなくなり、マーケットでパンを買おうとしたときのことも思い出します。棚に二つしかパンが残っていなかったのですが、前に居た女性が私の方を振り向いて、こう言ったのです。「一つずつ分けましょう。共に生き延びましょうね」と。

子どもたちの学校も休みなので、大阪の実家に避難しようとしたときには、電車もバスも止まっていて交通手段がありませんでした。そんなある朝、「ハーバーランドから大阪行きの船が出る」という情報を得たのです。

寒さの中、乗船しようと列をつくって大勢の人が並んでいたときのことです。上空のヘリコプターから撮影している人がいました。TVニュースの撮影でしょうか。そのとき、列の誰かが叫んだのです。「写真なんか取らずに、パンでも投げてくれ！」と。

日々、震災の記憶は薄れていくのですが、「地球温暖化」ではなく「地球沸騰化」とさえいわれる酷暑の夏、自然の怖さをあらためて痛感しています。

そして、「行動する作家」小田実さんのことを、思い出したのです。互いに助け合うことの大切さ、そして時には、声をあげることも必要だ、と。

引用文献
小田実『何でも見てやろう』（講談社　２０２２）
小田実『「殺すな」と「共生」』（岩波書店ジュニア新書　２００７）

坂本龍一さんと樹木

ベランダから公園の樹木が見えるのですが、酷暑の中でも、毅然と立っている姿に励まされるこの頃です。

先日、本屋の店頭で、『音楽と生命』という書を見つけました。音楽家、坂本龍一さんと生物学者の福岡伸一さんの対談集です。その書を読み、樹木について、さらに関心をもつようになりました。

坂本さんは「人間以外の生物に学ぶことは多い」と、まず樹木を挙げておられます。「環境に包まれながら自らも環境を包んでいくといった、相互作用的な文明というものもあり得るのではないか」とも。福岡さんも「最も利他的であるものと言えば、樹木です。彼ら彼女らが必要以上の光合成をし、葉っぱを茂らせ、樹液や実を昆虫や鳥に分け与え、落ち葉を土壌に分け与える。そのおかげですべての生物や微生物、菌類たちは生きていられます」と、語られています。

また、坂本さんは「僕の体は地に還って微生物などに分解され、次の世代の生物の一部となって『再生』することでしょう。この循環は、生命が誕生してから何十億年と続いてきましたし、これからも続いていくはずです」と述べておられるのです。

音楽家として、樹木が発する微弱な生体電位を採取し、それを基に作曲する「フォレスト・シンフォニー」という試みもされていました。創ってこられた作品は、これからも生き続けることでしょう。

坂本さんは「more trees」という、森林保全団体の創立者でもありました。創立者メッセージは次のとおりです。

人間は森とともにありました。
森が崩壊したところでは
文明が滅んでいきました。

今、世界中で森林が崩壊しています。

これは人類文明全体の滅びへの警告と
言えるのではないでしょうか。

実は日本は森林の多い国です。
たくさんCO_2を固着し、また水を保ち、
多くの生命を養い、
はたまた海まで育ててくれる貴重な森を、
後々の世代まで残すために力を合わせましょう。
more trees!!

明治神宮外苑の再開発に対しては、都知事宛に手紙を出されました。「目の前の経済的利益のために、先人が百年をかけて守り育ててきた貴重な神宮の樹々を犠牲にすべきではありません」と。それは、他界される約一か月前でした。

ふと、アメリカの詩人、ジョイス・キルマー（Joyce Kilmer）の詩を思い出しました。

樹

樹ほど　美しい詩は
ないだろう。

大地の　やさしく
豊かな胸に　口づけて、
ひねもす　神さまに目を向けて
葉の茂る腕を上げ　祈り、

ツグミの巣を
抱く季節もあり、

雪を冠る　季節もあり
雨とも　親しく暮している。
詩は　わたしのような者でも書くが
樹は　神さまだけが創られる。

（拙訳）

異常気象が続く昨今ですが、自然破壊を続けてきた人間の傲慢さの結果ではないでしょうか。私たちは、樹木の利他的な生き方を学ぶべきなのかもしれません。

日本女性の幸せを願って　――ベアテ・シロタさん

この冬は、ベアテ・シロタさんに関する本を読んで、元気をもらいました。ベアテさんは、今から80年ほど前、日本国憲法に女性の人権を記すことに尽力された方です。憲法の婚姻に関する第24条は、次のとおりです。

婚姻は、両性の合意のみに基づいて成立し、夫婦が同等の権利を有することを基本として、相互の協力により、維持されなければならない。
配偶者の選択、財産権、相続、住居の選定、離婚並びに婚姻及び家族に関するその他の事項に関しては、法律は、個人の尊厳と両性の本質的平等に立脚して、制定されなければならない。

「個人の尊厳」「本質的平等」という言葉が輝いていると、私は思います。

ベアテさんの父親はキーウ（キエフ）出身の世界的なピアニスト、レオ・シロタさんです。山田耕筰氏の招聘を受けて、日本各地のコンサートで演奏。東京音楽学校（現・東京芸術大学）教授に就任して、一家で東京に在住されました。

ベアテさんは東京のアメリカン・スクールを卒業後、サンフランシスコのミルズ・カレッジに留学しました。学長は、女性の社会進出と自立を唱える方だったそうです。カレッジを最優秀の成績で卒業後、ニューヨークでタイム誌のリサーチャーなどをしました。

両親は戦時中、軽井沢に強制疎開させられて苦しい生活を送り、母親は栄養失調状態だったそうです。そこで、ベアテさんは日本での職を探してGHQ民政局で働くことになり、両親を東京に呼び寄せて暮らし始めました。

ベアテ・シロタ・ゴードン
Beate Sirota Gordon
（1923～2012）

そして1946年2月、民政局スタッフと共に、憲法草案起草の極秘命令を受けたのでした。英語、日本語、ドイツ語、フランス語など、語学堪能なベアテさんは力を発揮しました。まず始めたのは、各国の憲法資料を集めることでした。アメリカ憲法、イギリス憲法、ワイマール憲法、フランス憲法、スカンジナビア諸国の憲法など……。資料を読みながら、日本の女性が幸せになるには、何が一番大事かを考えたそうです。ベアテさんは、日本女性の現状を知っていました。

赤ん坊を背負った女性、男性の後をうつむき加減に歩く女性、親の決めた相手と渋々お見合いをさせられる娘さんの姿が、次々と浮かんで消えた。子供が生まれないというだけで離婚させられる日本女性。「女子供」（おんなこども）とまとめて呼ばれ、子供と成人男子との中間の存在でしかない日本女性。これをなんとかしなければいけない。

明治憲法下では、女性には投票権も、住居を決める権利も相続権もありませんでした。まず男女平等が前提であると考えて、ベアテさんが手本にしたのが、ワイマール憲法だったそうです。

ただ、ベアテさんが書いた原文は、大幅に修正や削除されました。後に、非嫡出子問題で闘っている女性の話を聞いたときは、その問題を憲法に入れるように、もっと粘るべきだったと書いておられます。


ベアテさんは、民政局の通訳だったジョセフ・ゴードンさんと結婚しました。結婚後も働きたいと言うと「自分のやりたい仕事をした方がいい。君の才能は民政局でみているからね。できれば一生続けていける仕事をみつけるといいね」と応えてくれたそうです。

子育てをしながらも、ジャパン・ソサエティやアジア・ソサエティで、主に舞台芸術の紹介を通して、国際的な文化交流に取り組みました。晩年は、日本国憲法、女性の人権などについての講演活動もされました。まさに「個人」として、充実した人生を送られたと思います。

さて昨今、戦争や紛争が続く世界で、ベアテさんの次の言葉は重要ではないでしょうか。

私は日本をはじめアジアの国々、ヨーロッパとずいぶんいろんな国に出かけて行って、一つだけ確信したことがある。文化的には異なるけれど、どこの国の女性も思っていることは同じだということだ。……子供の将来を考えれば、どんな女性だって平和を切望している。……私は、世界中の女性が手をつなげば、平和な世の中にできるはずだと思っている。地球上の半分は女性なのだから、その女性たちのパワーを集めることが大事だと思う。

ベアテさんの生き方や言葉から学ぶことは多いと、私は思っています。

引用・参考文献

ナスリーン・アジミ、ミッシェル・ワッセルマン著　小泉直子 訳
『ベアテ・シロタと日本国憲法』（岩波書店　2014）

ベアテ・シロタ・ゴードン著　平岡磨紀子 構成／文
『1945年のクリスマス　―日本国憲法に「男女平等」を書いた女性の自伝』
（朝日新聞出版　2023）

平和の大切さを伝える劇

観劇して心に残った作品に、井上ひさしさんの「父と暮せば」があります。井上さんは演劇の理想を「むずかしいことをやさしく、やさしいことをふかく、ふかいことをおもしろく、おもしろいことをまじめに……」と説いておられますが、まさに、その理想に即した劇だと思うのです。

舞台に登場するのは父と娘だけの、いわゆる二人芝居で、広島の方言が使われています。

「おとったん、こわーい！」と、雷鳴と閃光に恐怖を感じて、娘が家に逃げ込んでくる場面から始まります。23歳にもなって雷に騒ぐのは恥ずかしいと言う娘に、「おまいが悪いんじゃない」と、父が応えるのです。原爆に遭った者がピカッと光るものを怖がるのは当然だ、「それこそ被爆者の権利ちゅうもんよ」と。

図書館に勤める娘（美津江）は、資料を求めて来館した木下という青年に、惹かれています。けれども、自分には幸せになる資格がないと、その思いを封じ込めようとしているのです。原爆で周りにいる人たちが亡くなり、自分だけが生き残ったことに、罪の意識を感じているのでした。

自分よりも美しく優秀だった親友が亡くなり、親友の母親から「なひてあんたが生きとるんか」「うちの子じゃのうて、あんたが生きとるんはなんでですか」と、言われたこともあります。そして何よりも、「うちはおとったんを地獄よりひどい火の海に置き去りにして逃げた娘じゃ」と、父親を見捨てて逃げた自分を責め続けているのです。そんな娘のために「恋の応援団長」として、現れたのが父です。

実は、その父親は、娘の心の中の幻なのです。「劇場の機知――あとがきに代えて」で、井上さんは記しています。

美津江を「いましめる娘」と「願う娘」にまず分ける。そして対立させてドラマをつくる。しかし一人の女優さんが演じ分けるのはたいへんですから、亡くなった者たちの代表として、彼女の父親に「願う娘」を演じてもらおうと思いつきました。べつに云えば、「娘のしあわせを願う父」は、美津江のこころの中の幻なのです。

前向きに生きることができない娘に、父親が発する言葉がとても印象的です。「あよなむごい別れがまこと何万もあったちゅうことを覚えてもろうために生かされとるんじゃ。」「人間のかなしいかったこと、たのしいかったこと、それを伝えるんがおまいの仕事じゃろうが。」そして、孫を産んで生命をつないでいってほしい、とも。

大江健三郎さんは、この「父と暮せば」について「お父さんとの幸福な生活の過去があり、あの原爆の経験があり、その後の苦しい苦しい時を超えて、愛があらわれ、同時にそこに希望があらわれてくる」と記し、次のようにも書いておられます。

私がとくに感銘しますのは、井上さんが広島についての文献を、ほんとうに数知れず集めて、読まれていることです。そして、そのようにして井上さんの集めた広島の被爆者たちの経験とその表現から、彼の作品が外れていくことはないのです。私も、かなりの数の広島の記録を読んできた人間ですが、井上さんにはまったくかなわない。井上さんは、そのなかからいちばんやさしい、だれの耳にもいちばんよく聞き取れるエッセンスをくみ取っていく。

だからこそ、心に残る劇が生み出されたのでしょう。劇の最後の台詞も印象的です。娘の父への感謝の言葉「おとったん、ありがとありました」で、幕が下りるのです。

井上さんは、ある書で、「『平和』という言葉を『日常』と言い換えるようにしている」と書いておられますが、たしかに平和が崩れることは、日常が壊れることです。日常が途切れるというのは、何と哀しいことでしょう。

世界では現在も、悲惨な戦争や紛争が続いています。日常をまもり、生命をつないでいくために何をすべきか、私たちは真摯に考えるべきだと思います。

引用文献

井上ひさし『父と暮せば』（新潮社　２００４）
大江健三郎ほか
『取り返しのつかないものを、取り返すために――大震災と井上ひさし』（岩波書店　２０１１）
井上ひさし『ボローニャ紀行』（文藝春秋　２０１０）

平和といのちを見つめて

左子真由美

本書は寺沢京子さんの三冊目のエッセイ集になります。『大切なものって何だろう――核・震災・そして文学』（２０１２年）、『平和の橋　Peace Bridge――一人ひとりが大切にされる社会を願って』（２０１７年）、そして本書『イーディス・シットウェル――戦争と原爆を表した詩人』です。

その三冊を通して読んだ時、それぞれに通底しているものは、反戦平和への願い、貧しき者、弱き者を思いやる心、そしてそれを阻むものへの怒りと抵抗です。

さらに、その思いを支えているものは、生きている現実、社会を見つめ、真実を見極めようとする詩人の眼差しであると思います。

寺沢さんは理論だけでなく、実際に行動する人でもあります。大学で講師をされながら、「神戸ＹＷＣＡピースブリッジ代表」として、平和運動にも熱心に携わってこられました。

その寺沢さんのライフワークとも言うべき「イーディス・シットウェル」の研究が、このたびここに形となりました。私は、一ヶ月に一度、「詩の実作講座」を四十年あまり続けてきましたが、寺沢さんはそこでも常任の講師を務めてくださり、私たちにイーディス・シットウェルについての講義をしてくださいました。それまで浅学にして名前も知らなかったイギリスの詩人、シットウェルが、ヒロシマ、長崎の原爆についての詩を書いていたということに衝撃を受けました。世界で唯一の被爆国である我が国の原爆被害にかくも深い思いを寄せてくれる詩人がいたとは！

こう書いている現在もロシアのウクライナ侵攻は止まず、またパレスチナなどあちこちで人々は絶えず争い、殺戮が続いています。思えば人類の歴史とは、戦争の歴史であったとも言えると思います。それがようやく、人権宣言や国際法などのルールができてきたとはいえ、まだまだ収まる気配はありません。けれど、平和への日常の努力を怠っていたなら、人間はどこまでも自分の利益だけを追求し争う、情けない動物になりはてるでしょう。

また、私たち日本では日常的に聖書に触れる機会はほぼありませんが、西洋文学は聖書に基づく信仰と教養を切り離しては考えられないものです。シットウェルの詩にも聖書との関連でなければ読み解けない詩がたくさんあり、寺沢さんの研究と造詣の深さに敬意を表するばかりです。

寺沢さんの目指すところは、後半のエッセイにも感じ取れます。「クリスマス・キャロル」や「大江健三郎」にも「小田実」にも、人間が人間として、生まれてきたいのちを大切にできる社会、貧しき者も弱き者も、幸せになる権利、それらが実現できる世を求めてやまない志に貫かれています。そして、そのためには虐げられた人々に対する共感能力が必要です。詩人としての感受性と言ったらいいでしょうか。その共感能力の現れた彼女の詩があります。神戸に住んでいる寺沢さんは阪神淡路大震災を経験されましたが、その年に書かれた詩「晩夏」です。ベランダで仰向けになっていた小さな瀕死のせみのいのちを描いた詩です。

死の淵で　なお／お前を奮い立たせたのは／いったい　何？
敵が迫ってきた　という恐怖か／飛ぶこと　木に向かうということは／本能なのか
／最後の瞬間まで／夏に　とんで／しがみついて／高らかにうたう／われは　せみ
であるという／決して捨てたくない　意地なのか

さいごに／ひと声でも　発することができたかい／木のぬくもりを感じえたかい／

かっと照りつける太陽を／はね返すことができたかい

黒く光った　その／わずか五センチほどの　身体で

小さなせみのいのち。見過ごしてしまいそうな小さないのちへの共感能力が、世界平和への思いへと繋がっているのだと思います。どんないのちも生きなければならない、平和で幸福な一生を全うしてほしい、そんな願いが寺沢さんを行動に駆りたて、詩を書かせ、文学に向かわせている。その真摯な姿に感動するのは私だけではないでしょう。

そして、最後にもう一つ、長年の友人として見る寺沢さんは、美しく、とてもキュートな方です。いつもその周りには何かしらキラキラした清浄なものが漂っているように思います。美しい声で英文を朗読されるお姿には、何度もうっとりさせられました。友人として、同時代に生きる者として、今後の寺沢さんの益々のご活躍を願うばかりです。

そして、この本がたくさんの方に読まれ、世界平和を考えるきっかけになればと切に思います。

あとがき

阪神・淡路大震災を体験したとき私は、日常が突然、崩れることがあるのだ、と実感しました。あたりまえの日常などないのだと、気づいたのです。

そして、もう一度勉強したいと願うようになり、大学院に通い始めました。そこで、イーディス・シットウェルなどの英詩に取り組んだのです。

コロナ禍、気候変動、戦争……昨今の世界を見ていて、あらためてシットウェルが残した言葉は大切だと思うようになりました。この書をとおして、彼女の思いを紹介できれば幸いです。

また、総合詩誌「ＰＯ」に書いてきたエッセイも、掲載させていただきます。

詩人としても、竹林館代表としても尊敬している左子真由美さんから、メッセージをいただけたことに感謝しています。

これからも学び、考えて、表すことができれば……と切に願っています。

二〇二四年　初夏

寺沢京子

初出一覧

イーディス・シットウェル　――戦争と原爆を表した英国女性詩人　本書

＊

オーウェルの伝言　総合詩誌「PO」173号　2019・5・20

「クリスマス・キャロル」の幽霊　「PO」174号　2019・8・20

晩夏に感じたこと　「PO」175号　2019・11・20

心に残る映画「舟を編む」　「PO」178号　2020・8・20

かけがえのない生命の時間　「PO」180号　2021・2・20

嘘の言葉と真実の言葉　「PO」185号　2022・5・20

使命を貫いた人生　――神谷美恵子さん　「PO」186号　2022・8・20

吉本ばなな『哀しい予感』から　「PO」187号　2022・11・20

「此処」だけではなく　「PO」190号　2023・8・20

行動する作家　――小田実さん　「PO」191号　2023・11・20

坂本龍一さんと樹木　「PO」191号　2023・11・20

日本女性の幸せを願って　――ベアテ・シロタさん　「PO」193号　2024・5・20

平和の大切さを伝える劇　「PO」194号　2024・8・20

寺沢京子（てらさわ・きょうこ）

神戸女学院大学英文学科卒業
神戸大学大学院総合人間科学研究科、文化学研究科修了
学術博士（文学）

神戸ＹＷＣＡピース・ブリッジ代表
神戸英米学会
原爆文学研究会
関西詩人協会
総合詩誌「PO」編集委員

既刊著書　『在る』（1998年　海風社）
『窓から』（2003年　海風社）
『大切なものって何だろう ―核・震災・そして文学』
（2012年　竹林館）
『平和の橋　Peace Bridge
一人ひとりが大切にされる社会を願って』
（2017年　竹林館）

イーディス・シットウェル
―― 戦争と原爆を表した英国女性詩人

2024年9月1日　第1刷発行
著　者　寺沢京子
発行人　左子真由美
発行所　㈱竹林館
〒530-0044　大阪市北区東天満2-9-4　千代田ビル東館7階FG
Tel　06-4801-6111　Fax　06-4801-6112
郵便振替　00980-9-44593
URL http://www.chikurinkan.co.jp
印刷・製本　モリモト印刷株式会社
〒162-0813　東京都新宿区東五軒町3-19

ISBN978-4-86000-520-7　C0095

定価はカバーに表示しています。落丁・乱丁はお取り替えいたします。